हिन्द पॉकेट बुक्स

हमारे वीर योद्धा

ये हमारे देश के महान वीर योद्धाओं की जीवन झांकियां हैं, जिन्हें छोटों एवं किशोरों के लिए सजाया-संवारा गया है, ताकि इन्हें पढ़कर उनमें उनके जैसा वीर बनने, ऊंचा उठने और दुनिया में बड़ा नाम कमाने की प्रेरणा जाग सके।

महान योद्धाओं के ये जीवन प्रसंग बहुत सरल भाषा में और कहानियों की तरह रोचक ढंग से लिखे गए हैं। इसलिए इन्हें याद करने में भी बड़ी आसानी होगी। सभी जीवन-कथाओं में रेखाचित्र और आख़ीर में एक प्रश्नावली दी गई है, ताकि पढ़ने के बाद लगे हाथ आपकी परीक्षा हो सके।

भारत में सदा-सदा से महान वीर सपूत जन्म लेते हैं, जिनकी गौरव-गाथा पढ़कर हम अपने आपको धन्य समझते हैं। इनमें से कुछ सपूत हैं, वीर अभिमन्यु, छत्रपति शिवाजी, महाराणा प्रताप, दुर्गादास राठौर, हैदर अली, कुंवर सिंह, टीपू सुलतान और तांत्या टोपे, जिन्होंने अपने पराक्रम से दुश्मनों को लोहे के चने चबवा दिए और इतिहास में अमर हो गए। पढ़िए इनकी कहानियां और आप भी बहादुर बनिए।

बच्चों और किशोरों के लिए सचित्र जीवनियां

हमारे वीर योद्धा

अनीता गौड़

हिन्द पॉकेट बुक्स
पेंगुइन रैंडम हाउस इम्प्रिंट

हिन्द पॉकेट बुक्स

यूएसए | कनाडा | यूके | आयरलैंड | ऑस्ट्रेलिया | सिंगापुर
न्यू ज़ीलैंड | भारत | दक्षिण अफ्रीका | चीन

हिन्द पॉकेट बुक्स, पेंगुइन रैंडम हाउस ग्रुप ऑफ़ कम्पनीज़ का हिस्सा है,
जिसका पता global.penguinrandomhouse.com पर मिलेगा

पेंगुइन रैंडम हाउस इंडिया प्रा. लि.,
चौथी मंजिल, कैपिटल टावर -1, एम जी रोड,
गुड़गांव 122 002, हरियाणा, भारत

पेंगुइन
रैंडम हाउस
इंडिया

प्रथम संस्करण हिन्द पॉकेट बुक्स द्वारा 2011 में प्रकाशित
यह संस्करण हिन्द पॉकेट बुक्स में पेंगुइन रैंडम हाउस द्वारा 2022 में प्रकाशित

10 9 8 7 6 5 4 3 2

ISBN 9789353492120

मुद्रकः रेप्रो इंडिया लिमिटेड

www.penguin.co.in

MIX
Paper from
responsible sources
FSC® C047271
FSC
www.fsc.org

क्रम

अभिमन्यु

महाभारत युद्ध के समय एक दिन पांडवों के शिविर में बड़ी चिंता फैल गई। अर्जुन और कृष्ण कौरवों की सेना के व्यूह में घुसकर दूर तक चले गए थे। उनका लौटना संभव नहीं था। यह देखकर द्रोणाचार्य ने चक्रव्यूह की रचना की, जिसमें घुसना और निकलना कोई नहीं जानता था।

यह बात पांडवों और कौरवों के गुरु जानते थे। यही सारे पांडव वीरों की चिंता का कारण था। सभी अपनी-अपनी कह रहे थे। भीम ने अपनी बांहें थपथपाकर कहा, 'कोई चिंता नहीं, मैं अपने बाहुबल से इस व्यूह को तोड़कर रख दूंगा।'

युधिष्ठिर ने कहा, 'नहीं भाई, यह संभव नहीं है, जब तक तुम व्यूह भेदने की विद्या नहीं जानते, तब तक मैं तुम्हें यह साहस नहीं करने दूंगा।'

'परन्तु क्या हम शत्रु के भय से युद्ध नहीं करेंगे?'

'ठीक है, पर हम व्यूह में फंसकर मरना भी नहीं चाहते। ओह, अर्जुन के नहीं होने से हम इस दुर्दशा में फंस गए। आचार्य द्रोण को भी लाभ मिल गया। यह केवल हमारे सर्वनाश का उपाय है। देखते नहीं, कौरव कैसा शोरगुल कर रहे हैं।

तभी अर्जुन का पुत्र अभिमन्यु शिविर में घुसकर सबको प्रणाम किया। वह उनकी चिंता का कारण जानता था, इसलिए उसने युधिष्ठिर से अनुरोध किया, 'तातश्री, आप मुझे व्यूह में जाने दीजिए... क्योंकि मैं भीतर जाने की विधि जानता हूं पर बाहर निकलने की नहीं।'

युधिष्ठिर चिंतित होकर बोले, 'नहीं-नहीं पुत्र, तुम इतनी छोटी आयु में अकेले सात महारथियों से युद्ध नहीं कर सकोगे।'

'तातश्री, मैं आपको दिखा दूंगा कि मैं आपका सच्चा पुत्र हूं। आप मेरी कम आयु पर ज़रा भी चिंता न करें।'

‘नहीं पुत्र,’ युधिष्ठिर ने सिर हिलाया, ‘हम तुम्हें जलती चिता में कैसे झोंक सकते हैं? कुछ ऊंच-नीच हो गई तो हम अर्जुन को क्या जवाब देंगे?’

‘आप उनकी चिंता न करें, मैं व्यूह में घुसना जानता हूं, पीछे उसे पूरी तरह तोड़कर निकल आऊंगा।’

‘युधिष्ठिर ने चौंक कर पूछा, ‘क्या तुम चक्रव्यूह में घुसना जानते हो?’

‘जी हां, मैंने माता के गर्भ में ही यह विद्या सीख ली थी। जब मैं गर्भ में था, तब पिताजी माताजी को व्यूह रचना का भेद बताने लगे। पर बाहर निकलने का भेद माता जी न जान सकीं, क्योंकि वे बीच में ही सो गईं। अतः मैं भी उसे न जान सका’ अभिमन्यु ने एक सांस में अपनी बात कह दी। युधिष्ठिर का मन अब भी ना माना। वे बोले, ‘तुम यदि व्यूह में चले भी गए तो तुम्हारा लौटना कठिन है। नहीं, मैं तुम्हें जोखिम के काम में नहीं जाने दूंगा।’

अभिमन्यु ने समझाया, ‘तातश्री, मैं क्षत्रिय-पुत्र हूं। संकट की इस घड़ी में मैं अपने कर्तव्य से विमुख नहीं हो सकता। आप मुझे आशीर्वाद दीजिए, मैं आज शत्रु के दांत खट्टे करूंगा।’

युधिष्ठिर बोले, ‘ठीक है पुत्र, मेरा आशीर्वाद तुम्हारे साथ है, पर मुझे तुम्हारे लौटने में संदेह है।’

इस पर भीम बोले, ‘आप इसकी चिंता न करें। अभिमन्यु के पीछे-पीछे हम भी व्यूह में घुस जाएंगे और वहां से अपनी भुजाओं के बल पर निकल आएंगे।’

युधिष्ठिर ने चिंतित होकर कहा, ‘देखता हूं, अब दूसरा कोई उपाय नहीं है। अच्छा शायद ऐसा ही हो, पर भीम सावधान रहना।’ भीम ने हुंकार भरी और सबको आश्वासन दिया। दूसरे दिन अभिमन्यु ने अपनी पत्नी उत्तरा से विदा ली, अपनी माता को प्रणाम किया और युद्ध के लिए चल पड़ा। वह एक वीर योद्धा की भांति कौरवों के बनाए चक्रव्यूह में घुस गया। उसने उस चक्रव्यूह को तोड़ दिया और अंदर की ओर बढ़ता गया। संध्या हो गई, किन्तु अभिमन्यु वापस नहीं आया। पांडवों के शिविर में चिंता बढ़ती जा रही थी।

वहां उपस्थित लोगों में व्याकुलता बढ़ रही थी, 'अभी तक अभिमन्यु नहीं लौटा, संध्या हो रही है।'

'कौरव सेना में बड़ा शोरगुल हो रहा है, अभिमन्यु का गरुड़ध्वज नहीं दीख रहा है।'

'वह धूल का पर्वत उड़ाता हुआ कौन आ रहा है?'

'भीम–महाबली भीम की पताका दिखाई दे रही है।'

'पर गरुड़ध्वज कहां है?'

इतने में भीम का रथ पास आ गया। लोगों ने देखा भीम घायल थे। उनके आते ही चिंतित युधिष्ठिर ने प्रश्न किया, 'भाई भीम, पुत्र अभिमन्यु कहां है? तुम तो उसके साथ ही थे ना।' भीम बोले, 'कुछ कह नहीं सकता, हम लोग उसका पीछा नहीं कर सके।'

'तब क्या वह अकेला ही व्यूह में सबसे जूझ रहा होगा?'

'जी', भीम ने सिर झुकाकर कहा, 'हम उसका पीछा नहीं कर सके। गुरुवर द्रोण के फेंके जाल में हम पहले ही फंस गए।'

अचानक सभी को कौरव सेना का हर्षनाद सुनाई दिया। चिंतित युधिष्ठिर का मन पत्ते की तरह फड़कने लगा। आशंकित होकर भीम से वे बोले, 'सुनो-सुनो, कौरव सेना हर्षनाद कर रही है। ऐसा क्या हुआ होगा जो वे खुश हो रहे हैं।'

'कह नहीं सकते,' भीम भी चिंतित स्वर में बोले। और तभी एक घायल योद्धा गिरता-पड़ता उनके शिविर की ओर बढ़ा चला आ रहा था। वह भीम के क़दमों के पास ही आकर गिर पड़ा। भीम ने कोमल स्वर में पूछा, 'कौन हो तुम?'

'अभय महाराज, अभय...' योद्धा बोला।

'पुत्र अभिमन्यु ठीक-ठाक है...कहो...' युधिष्ठिर की चिंता उनके स्वर से झलक रही थी।

'जी महाराज...दुहाई हो...' योद्धा बड़ी मुश्किल में बोला, 'उनका आठ योद्धाओं ने मिलकर वध कर दिया।'

‘ओह...नहीं...’ युधिष्ठिर के मुंह से निकला। भीम ने कहा, ‘किसने किया यह कुकर्म?’

‘महाराज, वे जब निहत्थे थे तब जयद्रथ ने वीर अभिमन्यु की गर्दन पर वार कर दिया और उनका वहीं प्राण निकल गया।’

‘जयद्रथ...दुष्ट!’ भीम का स्वर क्रोध से भर गया।

अचानक उन्हें प्रसन्नता में डूबा शोरगुल सुनाई दिया। वे आश्चर्य में पड़ जाते हैं कि ऐसी दुःखद घड़ी में यह कौन-सी बात हुई, जो सैनिक खुश होकर शोर मचा रहे हैं।

युधिष्ठिर दुःखी होकर बोले, ‘भीम, यह शोरगुल कैसा? ऐसी दुःखद घड़ी में यह हर्षनाद! बंद करवाओ इसे।’

भीम शिविर से निकलकर गए और उलटे पैरों वापिस आकर बोले, ‘महाराज अर्जुन युद्ध जीतकर आ रहे हैं। उनके शंख पांचजन्य का घोष सुनिए।’

युधिष्ठिर तड़प कर बोले, ‘हाय! भीम, अब मैं अर्जुन को कैसे अपना मुंह दिखाऊंगा।’?

इतने में अर्जुन शिविर के अंदर आ गए। वहां भीम, युधिष्ठिर, नकुल, सहदेव के उतरे हुए मुंह देखकर उन्होंने हैरानी से कहा, ‘महाराज, आपके पुण्यप्रताप से शत्रु पर हमारी जीत हुई है, पर यह शिविर में कैसा सन्नाटा है? बाजे नहीं बज रहे, सैनिक चुपचाप उदास बैठे हैं।’

‘भाई अर्जुन... तुम एक सुखद समाचार लाए हो, किंतु तुम्हें देने के लिए हमारे पास एक दुःखद समाचार है।’ युधिष्ठिर बड़े कष्ट के साथ बोले।

‘क्या हुआ है महाराज? जल्दी बताइए। आशंका से मेरा मन कांप उठा है...क्या कोई भारी हानि हुई है?’ अर्जुन बोले।

‘अभी सब मालूम हो जाएगा... तुम ज़रा शांत हो जाओ...अभिमन्यु...’

‘अभिमन्यु...? कहां है अभिमन्यु?’ अर्जुन ज़ोर से बोले।

‘अर्जुन...मेरे भाई...शांत हो जाओ। मैं तुम्हारा अपराधी हूं।’ युधिष्ठिर का स्वर कांप उठा था।

अभिमन्यु ने चक्रव्यूह को तोड़ डाला

'आपकी वाणी कांप रही है', अर्जुन व्याकुल होकर बोले, 'आपकी आंखों से आंसुओं की धारा बह रही है...महाराज देर नहीं कीजिए मेरा अभिमन्यु कुशल से तो है? भाई भीम, आप ही कहो? आपकी भुजाएं ढीली क्यों हैं? कहिए मेरा अभिमन्यु कहां है?'

अर्जुन की दशा देखकर युधिष्ठिर चित्कार कर उठे, 'अर्जुन...भाई...हमारा वीर पुत्र वीरगति को प्राप्त हुआ।'

'क्या कहा?' अर्जुन का स्वर कांप उठा। रुंधे गले से वह इतना ही कह पाए, 'अभिमन्यु वीरगति को प्राप्त हुआ? अभी उसकी आयु ही क्या थी? किसने उसे युद्ध पर भेजा?'

'मुझ पापी ने', युधिष्ठिर ने अर्जुन का हाथ अपने हाथों में लेकर कहा। 'अब तुम मुझे दंड दो अर्जुन। यह अनर्थ मैंने किया है, न मैं उस नन्हें बालक को युद्ध में भेजता, न यह दुःखद समाचार मिलता।'

शोकग्रस्त अर्जुन इतना सुनकर मूर्च्छित हो गए। भीम उन्हें सम्हालने में लग गए। 'अरे भाई, अर्जुन का यत्न करो, युधिष्ठिर चिल्लाये। भीम रुआंसे स्वर में बोले, 'शोक से इनकी छाती फट जाएगी महाराज।'

अर्जुन की यह दशा देखकर युधिष्ठिर रोने लगे। वीर योद्धा अभिमन्यु को याद करके उसकी बातें दोहराने लगे। तब तक अर्जुन को भी होश आ गया। वह अभिमन्यु को याद करके रोने लगे, 'हाय...मेरा पुत्र...इस युद्ध की भेंट चढ़ गया। कैसा वीर था वह...अब मैं उसका मुंह न देख सकूंगा। उसकी मुस्कराहट...उसका विनोद सब उसके साथ चला गया।'

युधिष्ठिर बोले, 'अर्जुन, हमारा पुत्र महान वीर योद्धा था...वह चक्रव्यूह से बाहर निकलने की युक्ति नहीं जानता था, फिर भी हम सबको बचाने के लिए वह मौत से लड़ गया।'

'ओह! महाराज मैं उत्तरा को कैसे मुंह दिखाऊंगा', अर्जुन चिंतित स्वर में बोले।

पांडवों के शिविर में सन्नाटा छाया था। तभी श्री कृष्ण युधिष्ठिर के शिविर

में आए। अर्जुन को दुःखी और रोता देखा। उन्होंने अर्जुन को सांत्वना दी, 'अर्जुन, शांत हो... तुम जैसा महावीर शांति से काम लेता है।'

अर्जुन तड़पकर बोले, 'भगवन्! शांति कैसी? एक युवा पुत्र की मृत्यु पर क्या उसका पिता शांत रह सकता है?'

श्रीकृष्ण ने समझाया, 'पार्थ, अभिमन्यु अमर हुआ। उसने कौरवों की सेना को छिन्न-भिन्न कर दिया। उसे जयद्रथ ने छल से मारा है। अपने पुत्र को सच्ची श्रद्धांजलि देना चाहते हो तो अपने इस शत्रु से बदला लो।'

'मैं अर्जुन प्रतिज्ञा करता हूं कि यदि जयद्रथ को कल सूर्यास्त से पहले ही न मार डालूं तो अपने गांडीव धनुष सहित जलकर चिता पर भस्म हो जाऊंगा।'

'अर्जुन, ऐसी भीषण प्रतिज्ञा क्यों?' श्रीकृष्ण चिंतित हो बोले।

'अर्जुन ने तड़पकर उत्तर दिया, 'प्रतिज्ञा हो चुकी भगवन...प्रतिज्ञा का पालन न करूं तो मैं अर्जुन नहीं।'

'तुम अर्जुन हो, अर्जुन ही रहोगे। आओ, अब पुत्र अभिमन्यु की क्रिया करें। इतना कहकर श्रीकृष्ण ने अर्जुन को सम्हाला। इसी के साथ सबने वीर योद्धा अभिमन्यु को श्रद्धांजलि दी।

छत्रपति शिवाजी

पूना से जो सड़क महाबलेश्वर को जाती है, उस पर एक क़िला है। इसे रायगढ़ का क़िला कहते हैं। क़िले के सामने चौकोर मैदान है। उस पर एक घुड़सवार की काले पत्थर की बहुत बड़ी मूर्ति बनी है, यह मूर्ति छत्रपति शिवाजी की है।

शिवाजी के पिता का नाम शाहजी था। शाहजी बड़े बहादुर थे और दक्षिण के बीजापुर सुलतान की सेना में ऊंचे पद पर पहुंच गए थे। युद्ध में लगे रहने के कारण शाहजी को अपने पुत्र की देखभाल का समय नहीं मिलता था। शिवाजी की और दादाजी कोंणदेव की देखभाल उनकी मां जीजाबाई करती थीं। उनके दादा कोंणदेव उन्हें लिखाते-पढ़ाते थे।

शिवाजी पर उनकी मां की शिक्षा का बहुत असर पड़ा। उनकी मां ने उनमें स्वाभिमान, सच्चाई, साहस के गुण भरे। दादा कोंणदेव शिवाजी को भारत के प्राचीन वीरों की गाथाएं सुनाते। उन्होंने ही शिवाजी को युद्धशास्त्र और राजनीतिशास्त्र की शिक्षा दी और स्वराज्य का सच्चा अर्थ समझाया। 1647 में जब शिवाजी सत्रह वर्ष के थे, कोंणदेव की मृत्यु हो गई। तब तक शिवाजी के मन में यह बात पक्की हो गई कि अपनी मातृभूमि को दुश्मनों से मुक्त कराना है।

उन दिनों दिल्ली की सत्ता मुग़ल सम्राटों के हाथ में थी। दक्षिण की मुस्लिम रियासतें दिल्ली के सुलतानों से लड़ा करती थीं। उनमें से किसी एक रियासत का साथ देकर दूसरी से लड़ने में शिवाजी को कोई लाभ नहीं दिखा। उन्होंने विभिन्न जातियों और विभिन्न धर्मों के किसानों, मावलों और मराठों को लेकर अपनी अलग सेना तैयार की।

बीजापुर के सुलतान को अपनी रियासत पर ख़तरा मंडराता हुआ नज़र आया तो उसने शाहजी से कहा कि वह अपने बेटे को समझाएं। शाहजी भी

चाहते थे कि शिवाजी उनकी तरह बीजापुर रियासत की सेना में कोई बड़ा पद सम्हालें। अतः शिवाजी की इच्छा के विरुद्ध वे उन्हें बीजापुर दरबार में चलने के लिए कहते हैं। शिवाजी का मन नहीं था, किंतु पिता की आज्ञा को वे टाल नहीं सकते थे। अतः वे उनके साथ दरबार में गए।

वहां सुलतान का वैभव देखकर शिवाजी ने कहा, 'ग़रीब जनता कपड़े, रोटी, मकान के लिए तरस रही है और यहां सुलतान के महल का ऐसा वैभव!' उनके मन में सुलतान के प्रति नफ़रत और गुस्सा पनप उठा। जब वे सुलतान के सामने गए तो शाहजी के कई इशारों के बावजूद उन्होंने सुलतान को सलाम नहीं किया। सुलतान तड़पकर बोला, 'शाहजी, तुम पहले अपने बेटे को तमीज सिखाओ तब इसे मेरे पास लाना।' इतना कहकर सुलतान ने पिता-पुत्र दोनों को दरबार छोड़ने की आज्ञा दे दी।

इसके बाद कुछ ही समय में शिवाजी की छापामार सेना ने बीजापुर की सेना के छक्के छुड़ा दिए। तंग आकर सुलतान ने अपने सेनापति अफ़ज़ल खां से कहा, 'जैसे भी हो शिवाजी को पकड़ो जिंदा या मुर्दा।'

अफ़ज़ल खां ने शिवाजी को निमंत्रण भेजकर मिलने के लिए बुलाया। शिवाजी के साथियों ने उन्हें सचेत कर दिया था। वे अंगरखे के नीचे लोहे का जालीदार कवच, पगड़ी के नीचे लोहे का टोप और बाएं हाथ के दस्ताने के भीतर लोहे का पंजा पहनकर अफ़ज़ल खां से मिलने गए। ऊंचे-पूरे, हट्टे-कट्टे अफ़ज़ल खां ने शिवाजी को बांहों में भरकर धोखे से उन्हें कटार भोंकने की कोशिश की। शिवाजी चौकन्ने तो थे ही, उन्होंने लोहे का पंजा अफ़ज़ल खां के पेट में गड़ा दिया और सीने में कटार भोंक दी। अफ़ज़ल खां चीख़ उठा। चिल्लाहट सुनकर आस-पास छिपे शिवाजी के सैनिक बाहर निकल आए। उन्हें देखते ही बीजापुर की सेना भाग खड़ी हुई।

शिवाजी के सबसे पुराने साथियों में तानाजी मालुसरे थे। वे बड़े ही साहसी और वीर थे। ख़तरों से खेलने में तानाजी को बहुत मज़ा आता था, यही कारण था शिवाजी तानाजी को एक पल के लिए अपने से अलग नहीं करते थे। वह

शिवाजी का फ़तह का झंडा लहराने का संकल्प

उनके साहस और बहादुरी की बड़ी इज़्ज़त करते थे। तानाजी शिवाजी के साथ परछाईं की तरह रहते थे। शिवाजी की हर बात मानना और उनके आदेश का पालन करना, तानाजी का परम कर्तव्य था।

शिवाजी के अनेक ख़तरनाक हमलों के समय तानाजी ने उनका साथ दिया था। मुग़ल सेनापति शाइस्ता खां ने तीन साल से पूना को घेर रखा था। उसकी विशाल सेना के सामने मराठों की सेना का टिक पाना मुश्किल था। शाइस्ता खां से जनता को मुक्त कराने का एक ही उपाय था कि उस पर छापामार तरीक़े से अचानक हमला किया जाए।

शिवाजी ने इस बारे में तानाजी से सलाह की। आख़िर एक रात शाइस्ता खां के डेरे पर अचानक हमला करने का फ़ैसला किया गया। यह ख़तरनाक और हिम्मतवाला काम था। लेकिन जिस हिम्मत, बहादुरी और चतुराई के साथ शाइस्ता खां पर यह हमला किया गया था, उसकी दूसरी कोई मिसाल नहीं है। शाइस्ता खां वहां से घबराकर भाग गया था।

पूना से बारह मील दूर कोंडाना का क़िला उस समय मुग़लों के पास था। क़िले की देख-रेख एक राजपूत वीर उदयभान कर रहा था। शिवाजी की मां जीजाबाई को यह बात बहुत खटकती थी कि वह क़िला मराठों के पास नहीं है।

एक दिन जीजाबाई ने शिवाजी से कहा, 'मैं कोंडाना का क़िला अपने राज्य में बाहर नहीं देख सकती। मैं उस पर तुम्हारा झंडा लहराता हुआ देखना चाहती हूं। क्या तुम मेरी इच्छा पूरी नहीं करोगे?'

'ज़रूर करूंगा मां!' शिवाजी ने कहा। वे माता जीजाबाई की बात टाल नहीं सकते थे। लेकिन सोच में पड़ गए। कोंडाना का क़िला जीतना आसान काम न था। एक तो क़िले की बनावट ऐसी थी कि मुख्य फाटक को छोड़कर अंदर जाना बहुत मुश्किल था। दूसरे उसका सिपहसालार उदयभान भी बहुत वीर योद्धा था।

वह राजपूतों और मुग़लों की बड़ी सेना लेकर वहां रहता था। उस सेना का मुक़ाबला करना भी बहुत मुश्किल था। अंत में शिवाजी ने बहुत सोच-विचार

के बाद तय किया कि यह काम तानाजी मालुसरे को सौंप दिया जाए। उन्हें विश्वास था कि अत्यंत बहादुर तानाजी ही इस काम को कर सकेंगे।

तानाजी उस समय अपने गांव में बेटे की शादी की तैयारी में लगे थे। शिवाजी का संदेश पाकर वे तुरंत राजगढ़ पहुंचे। जब शिवाजी ने उनसे कोंडाना का क़िला जीतने के लिए कहा तो वे बोले, 'ठीक है, पहले कोंडाना की शादी होगी, बाद में मेरे बेटे की।'

तानाजी ने सेना तैयार की। उनके साथ उनका भाई सूर्याजी और मामा शेलार भी चले। मामा शेलार की उम्र तो अस्सी साल थी, किंतु उनमें बड़े से बड़े सूरमा से टकराने की अद्‌भुत क्षमता थी।

कोंडाना क़िले की बनावट ऐसी थी कि फाटक की तरफ़ से हमला करना बेकार था। क़िले के अंदर कोई डेढ़ हज़ार सैनिक थे और तानाजी के पास केवल पांच सौ सैनिक। ज़ाहिर था कि सीधे मुक़ाबले में मराठा सेना का काफ़ी नुक़सान होता। इसलिए यह तय किया गया कि रात के अंधेरे में तानाजी और कुछ सिपाही क़िले की दीवार पर चढ़कर अंदर जाएं। सूर्याजी बाक़ी सैनिकों को लेकर फ़ाटक पर तैयार खड़े रहें।

4 फरवरी, 1670 की वह अंधेरी रात। बहादुर सैनिकों की पहरेदारी में घिरा कोंडाना का क़िला। तानाजी ने क़िले की दक्षिण-पश्चिम दिशा से चढ़ने की योजना बनाई। वे शिवाजी के स्वामिभक्त गोह को साथ ले गए थे। उन्होंने उसकी कमर में रस्सी बांधकर क़िले की दीवार पर फेंका। पर वह आधी दूर जाकर लौट आई। इसे एक तरह का अपशकुन माना गया। लेकिन तानाजी की नस-नस में बहादुरी का ख़ून दौड़ रहा था। वह भला कब रुकने वाले थे।

उन्होंने गोह को दुबारा फेंका। इस बार वह दीवार के ऊपर चिपक गई। तानाजी और उनके क़रीब तीन सौ साथी रस्सी के सहारे दीवार पर चढ़कर क़िले के अंदर पहुंच गए। उधर क़िले के पहरेदार सैनिक भी चौकन्ने हो गए। ख़तरे की सूचना दे दी गई और पलभर में शत्रु-सेना तैयार हो गई। तानाजी ने हमला करने का हुक्म दिया। मराठा सैनिक संख्या में तो कम थे, किंतु उनका

हमला इतना भयानक था कि क़िले के अंदर के मुग़ल और राजपूत सैनिक घबरा उठे, उनका हौसला कमज़ोर होते देखकर सिपहसालार उदयभान ने अपने बारह बहादुर बेटों को भेजा। लेकिन वे भी न टिक सके और मारे गए। इसी बीच क़िले का फाटक भी खुल गया था और सूर्याजी अपने सैनिक लेकर आ गए थे। दुश्मन सेना दो तरफ़ से घिर चुकी थी।

इस युद्ध में तानाजी की मृत्यु हुई, किंतु कोंडाना का क़िला मराठों के हाथ में आ गया। शिवाजी ने दुःखी होकर कहा, 'गढ़ तो आया लेकिन सिंह चला गया।' तानाजी की याद में कोंडाना के क़िले का नाम सिंहगढ़ रखा गया।

1666 में औरंगज़ेब ने शिवाजी से समझौता कर लिया और उन्हें आगरा आने के लिए कहलाया। औरंगज़ेब के मेहमान बनकर शिवाजी अपने बेटे के साथ 1666 में आगरा पहुंचे और वहां क़ैद कर लिए गए, पर शिवाजी हार मानने वाले नहीं थे। वह हर दिन झाबे भर-भर कर फल और मिठाइयां ग़रीबों को बांटने के लिए भेजते थे। एक दिन एक झाबे में बेटे को बैठाकर शिवाजी निकल भागे। महीनों पैदल चलकर जब वे घर पहुंचे, तो वहां लोगों के बीच खुशी की लहर दौड़ गई।

शिवाजी का राजतिलक 1674 में हुआ था। उन्होंने राज्य की सारी भूमि को नपवाया और सिंचाई की व्यवस्था की। फसल का बड़ा हिस्सा प्रजा को दिया और सब पर एक-समान कर लगाया। विरोधियों के पूजा-स्थलों को उन्होंने न कभी तोड़ा, न उनका अपमान किया। सब धर्मों के लोगों को नौकरी पर रखा, कितने ही मंदिर, घाट और क़िले बनवाए। नाविकों की सेना संगठित करके व्यापारी नौकाएं और लड़ाकू जहाज़ बनवाए। अपने सुन्दर कामों से प्रजा का दिल जीतकर शिवाजी छत्रपति कहलाए।

शिवाजी जैसे महान योद्धा ने 1680 में पचास वर्ष की कम आयु में रायगढ़ में शरीर छोड़ दिया।

महाराणा प्रताप

महाराणा प्रताप मेवाड़ के सिंहासन पर केवल पच्चीस वर्ष रहे, लेकिन इतने कम समय में ही उन्होंने ऐसी कीर्ति प्राप्त की, जो देशकाल की सीमा को पार कर, अमर हो गई। वह और उनका राज्य वीरता, बलिदान और देशाभिमान के पर्याय बन गए। यों तो मेवाड़ पहले ही राजपूत राज्यों में सबसे आगे था। मेवाड़ के राजाओं ने, अपने सामंतों और जनता के सहयोग से, ऐसी परम्पराएं स्थापित कर दी थीं कि छोटा क्षेत्रफल या जनसंख्या की कमी उसकी कीर्ति को बढ़ाने में बाधक नहीं बनी।

राणाप्रताप को एक बहुत ऊंचा और गौरवपूर्ण परिवार की एकत्रित कीर्ति और तरह-तरह की उपाधियां तो विरासत में मिलीं, लेकिन न तो कोई राजधानी मिली और न साधनों का कोई जरिया उनके सम्बन्धी और सरदार मुग़ल सल्तनत से पराजित होकर हिम्मत हार चुके थे, लेकिन प्रताप में जोश भी था और परिवार का अभिमान भी। उन्होंने अपनी सारी ताकत चित्तौड़गढ़ को और अपने कुल के खोए हुए सम्मान को फिर से जीतने में लगा दी।

प्रताप उन लोगों में थे, जो संकटों को चुनौती मानकर और भी दृढ़संकल्प हो जाते हैं। उन्होंने प्रतिज्ञा की थी कि वे अपनी माता के दूध को नहीं लजाएंगे और आख़िरी क्षण तक उन्होंने इस प्रतिज्ञा का पालन किया। वह अकेले, पच्चीस वर्षों तक, मुग़ल सम्राट की चालों से जूझते रहे, जो कभी उन्हें विनाश के मैदान में ले जाते। कभी एक चट्टान से दूसरी चट्टान पर भागते फिरने को विवश करते। आत्मसमर्पण और मुग़ल शहंशाह के साथ खून का सम्बन्ध स्थापित करके शांति और चैन का जीवन बिताने के हर प्रस्ताव को उन्होंने घृणा के साथ ठुकरा दिया।

जब प्रताप का राजतिलक हुआ, तो उनकी आयु इकतीस वर्ष से अधिक थी। उनके पिता महाराणा उदयसिंह के समय में मेवाड़ के इतिहास में कई

युद्ध भूमि की ओर कूच

उतार-चढ़ाव आए थे। महाराणा उदयसिंह के चौबीस पुत्र थे। प्रताप उनमें सबसे बड़े थे और परंपरा के अनुसार राज्य के अधिकारी थे। उदयसिंह की अठारह रानियों में प्रताप की मां ही सबसे बड़ी थीं। 28 फरवरी, 1572 को जब उदयसिंह की मृत्यु हुई, तो प्रताप के छोटे भाई जगमाल ने स्वयं को उत्तराधिकारी घोषित कर दिया। जिसे मेवाड़ के सामंतों ने नकार दिया और प्रताप को गद्दी पर बिठा दिया।

जगमाल को जब राजगद्दी से उठाया गया, तो उसने बदला लेने की ठानी। उसमें इतना साहस तो था नहीं कि खुलकर विरोध करता। वह मेवाड़ छोड़कर मुग़लों की शरण में चला गया।

मेवाड़ का सौभाग्य जागा। उसको ऐसा शासक मिल गया जैसा उस परिस्थिति में चाहिए था। प्रताप को गद्दी पर बिठाने के बाद सामंतों को किसी प्रकार के विरोध का सामना नहीं करना पड़ा। इससे स्पष्ट है कि प्रताप की कार्यकुशलता और गुणों के बारे में सब लोग आश्वस्त थे।

महाराणा प्रताप ने गद्दी पर बैठते ही, मेवाड़ के उन अस्त-व्यस्त हिस्सों को, जिन्हें अकबर के हाथों में पड़ने से बचाए रखा गया था, फिर से संगठित करने का प्रयत्न किया। लेकिन अकबर ने उन्हें एक साल भी चैन नहीं लेने दिया। प्रताप भी अकबर के मन की बात जान गए थे। दोनों ही अपना-अपना दांव मज़बूत करने में जुट गए।

अकबर के सामने भी महाराणा प्रताप को हराने के सिवा और कोई दूसरा रास्ता न था। शुरु-शुरु में उसने अपने विश्वासपात्र सामंतों को प्रताप को समझाने-बुझाने के लिए भेजा। लेकिन किसी भी प्रकार का लोभ प्रताप को उनके मजबूत इरादे से विचलित नहीं कर सका। अकबर ने भी समझ लिया कि प्रताप को मिटाया जा सकता है, मिलाया नहीं जा सकता।

अकबर ने राजा मानसिंह के पिता राजा भगवंतदास को प्रताप से दोस्ती का संदेश भेजा। यह एक विचित्र भेंट थी—एक ओर अकबर से सबसे पहले दोस्ती और विवाह सम्बन्ध करने वाला परिवार और दूसरी ओर अकबर से आजीवन

शत्रुता निभाने वाला। शायद भगवंतदास को भेजकर अकबर यह दिखाना चाहता था कि उसकी अधीनता स्वीकार करने वालों का कितना आदर होता है। लेकिन भगवंतदास प्रताप को उनके संकल्प से रत्ती भर भी नहीं डिगा सका।

मेवाड़ आधा प्रताप के पास था, तो आधा अकबर के पास। प्रताप ने अपनी तरफ़ के मेवाड़ में अपनी दशा को मज़बूत बनाने की कोशिश की। उन्होंने भीलों को, पहाड़ों और जंगलों से निकालकर रक्षापंक्ति में बराबरी की जगह दी। भीलों की दोस्ती प्रताप के बहुत काम आई। इसी के यादगार में आगे चलकर मेवाड़ के राजचिह्न पर एक ओर एक राजपूत और दूसरी ओर एक भील की तस्वीर बनाई जाने लगी।

प्रताप ने अपनी राजधानी गोगूंदा से कुंभलगढ़ हटा ली, जो अकबर के राज्यमार्ग से दूर पड़ता था। शत्रु से मुक़ाबले की आशंका में उन्होंने वहां रक्षा-व्यवस्था स्थापित की। यही नहीं उन्होंने मेवाड़ के मध्यवर्ती भागों के निवासियों और खजाने को कुंभलगढ़ तथा अन्य पहाड़ी स्थानों पर ले जाना शुरू किया।

जब राणाप्रताप के हाथों चित्तौड़ की बाग़डोर आई अकबर को भारत के सिंहासन पर बैठे सोलह साल हो चुके थे और इस बीच वह सफलता और ताक़त में बहुत आगे बढ़ चुका था। मुग़ल सेना के पास हल्का और आधुनिक तोपख़ाना था, जबकि राणाप्रताप की सेना में तोपख़ाना नहीं था। उनकी सेना के मुख्य हथियार तलवार के अतिरिक्त धनुष-बाण और भाले थे। किंतु प्रताप की सेना के साथ तीन हज़ार घुड़सवार, दो हज़ार पैदल, सौ हाथी थे। पैदल भील सेना ने लड़ने के लिए घाटी की चोटियों में मोर्चा लगाना सीखा हुआ था। सारी सेना देशभक्ति से ओत-प्रोत तथा अपने युवा और वीर राणा के प्रति कृतज्ञ थी।

21 जून, 1576 को मुग़लों और मेवाड़ की सेना के बीच हल्दी घाटी में युद्ध शुरू हुआ। महाराणा प्रताप ने अपने चेतक नामक घोड़े पर बैठकर मुग़लों के छक्के छुड़ा दिए। दोनों सेनाओं में मस्त हाथी अपनी-अपनी फ़ौज में से

निकलकर ख़ूब लड़े। किंतु अंततः जीत मुग़लों की ही हुई। राणा का घायल घोड़ा चेतक उन्हें युद्ध-स्थल से दूर सुरक्षित स्थान पर ले गया, जहां चेतक की मृत्यु हो गई।

हल्दी घाटी में एक युद्ध समाप्त हुआ, लेकिन संघर्ष समाप्त नहीं हुआ। शाही सेना के साथ महाराणा प्रताप की आंखमिचौली चलती रही। बारह वर्ष तक अकबर के सारे प्रयत्न बेकार हुए। अकबर ने प्रताप को पकड़ने या उनकी हत्या करने और मेवाड़ पर पूरी तरह से क़ब्ज़ा करने के उद्देश्य से अलग-अलग सेनापतियों के नेतृत्व में, कई बार सेनाएं भेजीं। परंतु सफलता नहीं मिली।

यदि महाराणा प्रताप को युद्ध से अवकाश न मिला होता, तो उनके व्यक्तित्व के अनोखे पक्ष का परिचय नहीं मिल पाता। अकबर के अभियान के समाप्त होते ही मेवाड़ में एक नए युग का आरंभ हुआ था। इसी अरसे में पता चला कि प्रताप युद्ध के जितने सुयोग्य नेता थे, उतने ही शांतिकाल के भी।

19 जनवरी, 1597 को 57 वर्ष की छोटी आयु में प्रताप की मृत्यु हो गई। महाराणा की मृत्यु किस बीमारी से हुई, यह अनिश्चित है। इसके बारे में विश्वास यह है कि शेर का शिकार खेलते समय उन्होंने कमान इतनी ज़ोर से खींची कि अंग मोड़ते समय, आंतों में कुछ ख़राबी हो गई और वही बीमारी उनकी मृत्यु का कारण बन गई।

महाराणा प्रताप का जीवन ऐसा था कि शत्रु भी उनका आदर करते थे। बादशाह अकबर महाराणा प्रताप की मृत्यु का समाचार सुनकर बहुत चिंतित और हैरानी के साथ चुप ही रहा।

वास्तव में यह एक विडंबना ही थी कि जिस योद्धा का अधिकांश जीवन लड़ते बीता, वह युद्धभूमि में नहीं, बल्कि शिकार खेलते समय बीमार होकर मरा।

दुर्गादास राठौर

राठौर कुल केसरी वीर दुर्गादास एक साधारण किसान के बेटे थे। उनके पिता अपने छोटे से खेत में दिन भर काम किया करते थे और बालक दुर्गादास उनकी सहायता किया करता था। अनाज पक चुका था। राज्य के ऊंटों का एक झुंड पके हुए खेतों में घुसकर फ़सल बर्बाद करने लगा। राज्य के ऊंटों को रोकने का साहस किसानों में कहां? परन्तु उस समय दुर्गादास बालक अपने खेतों की रखवाली कर रहा था। साल-भर की मेहनत को वह इस प्रकार बर्बाद होते नहीं देख सकता था। उसने चरवाहे से कहा कि वह ऊंट को खेत में जाने से रोके। परंतु राज्य की नौकरी के मद में मस्त चरवाहे ने बालक दुर्गादास की बात मजाक़ में टाल दी।

दुर्गादास का तेजस्वी स्वभाव भला कैसे ऐसा अपमान सहन कर सकता था। उसने ललकार कर कहा, 'जो ऊंट मेरे खेत में आएगा, मैं उसी को मार डालूंगा।

चरवाहे ने यह बात बालक की कोरी धमकी समझी परंतु ज्यों ही एक ऊंटनी ने खेत में क़दम रखा दुर्गादास ने तलवार निकाल कर एक ही हाथ में उसकी गर्दन काट ली। यह देखकर बाक़ी ऊंट चिल्लाते हुए वहां से भाग खड़े हुए। चरवाहा भी डरकर भाग गया।

दुर्गादास के पिता आसकरण जी ने सुना तो वे बहुत डरे। पर निडर दुर्गादास ने कहा, 'अपराध मेरा है, इसलिए राजा से जवाबतलब होने पर आप मुझे आगे कर देना। मैं सब निपट लूंगा, आप कोई चिंता न करें।'

महाराज जसवन्तसिंह उन दिनों जोधपुर के राजा थे। उन्होंने आसकरण जी को जवाब के लिए दरबार में बुलाया। वे पुत्र दुर्गादास को साथ लेकर महाराज की सेवा में हाज़िर हुए। महाराज ने उनसे कहा, 'क्या सरकारी ऊंटनी को तुमने तलवार से मारा था?'

'नहीं महाराज, यह अपराध इस बालक से हो गया।' आसकरण जी बोले। महाराज ने बालक दुर्गादास की ओर देखा। वह निडर होकर दरबार में खड़ा था। कुछ देर उसकी ओर देखकर महाराज ने उससे पूछा, 'ऊंटनी तुमने मारी?'

'जी महाराज।'

'यह जानते हुए भी कि यह सरकारी है?'

'जी हां, महाराज।'

'तुमने ऐसा क्यों किया?'

'महाराज, वह मेरे खेत को बर्बाद कर रही थी। हम ग़रीब किसान हैं। उसी छोटे से खेत पर हमें साल भर तक गुज़र करनी होती है।'

'तुमने चरवाहे से क्यों नहीं कहा?'

'कहा था, महाराज।'

'उसने ऊंटों को रोका नहीं?'

'जी नहीं, उलटा मुझी को धमकाने लगा।'

'तुमने ऊंटनी कैसे मारी?'

दुर्गादास ने इधर-उधर देखा। एक ऊंट उसे दरबार के बाहर जुगाली करता दिखा, उसने लपककर तलवार निकाली और एक ही हाथ से उसका सिर धड़ से जुदा कर दिया। फिर जसवन्तसिंह के पास आकर कहा, 'इस तरह महाराज।'

बालक दुर्गादास की वीरता, साहस और निडरता देखकर महाराज बहुत प्रसन्न हुए। उन्होंने आसकरण जी से कहा, 'ठाकरो, तुम घर जाओ, दुर्गादास हमारे काम का है, यह हमारे पास रहेगा।'

जसवंत सिंह उस समय मुग़ल साम्राज्य के महत्त्वपूर्ण लोगों में से थे। लेकिन बादशाह औरंगज़ेब से उनकी बिल्कुल नहीं बनती थी। इसी कारण औरंगज़ेब उन्हें, कभी मारवाड़ में सुख से न रहने देता। उसकी पूरी कोशिश रहती कि जसवन्त सिंह दूर के किसी मोर्चे पर डटे रहें। वीर दुर्गादास जसवन्त सिंह के साथ ही रहते थे। जसवन्त सिंह को भी दुर्गादस पर बहुत भरोसा था। दुर्गादास उनके साथ होने वाले अन्याय और औरंगज़ेब की चालों को देख-समझ रहे थे।

उन्हें औरंगज़ेब की नीयत का भी पता लग गया था। इसलिए वह यह जान गए थे कि एक-न-एक दिन राजपूतों की सेना का नेता बनकर उन्हें मुग़लों के ख़िलाफ़ तलवार उठानी पड़ेगी।

हुआ भी ऐसा ही। जब जसवन्त सिंह काबुल में थे, अचानक उनकी मृत्यु हो गई। औरंगज़ेब ने यह ख़बर सुनी तो बहुत खुश हुआ। जसवन्त सिंह का कोई बेटा नहीं था, जो गद्दी का मालिक बनता। इसलिए औरंगज़ेब ने जसवन्त सिंह का राज्य हड़पने की चाल चली। जसवन्त सिंह की मृत्यु पर उनकी रानी भी चिता पर बैठकर जलना चाहती थी, लेकिन राठौर सरदारों ने उन्हें रोक लिया।

जसवन्त सिंह की रानी मां बनने वाली थीं। फिर जब उनके बेटा हुआ तो राठौर सरदारों को आशा बंधी कि अब मारवाड़ की गद्दी सूनी नहीं रहेगी। लेकिन औरंगज़ेब यह नहीं चाहता था।

राठौर सरदार जब जसवन्त सिंह के बेटे नन्हे अजित को लेकर काबुल से लौट रहे थे, तो औरंगज़ेब ने उन्हें दिल्ली में रोक लिया। उसने राठौर सरदारों को लालच दिया कि 'अगर तुम जसवन्त सिंह के बेटे को मेरे हवाले कर दोगे, तो मारवाड़ का राज्य तुम सबको बांट दूंगा।'

राठौर सरदारों ने उसकी बात नहीं सुनी। दुर्गादास ने कहा, 'हम जब तक ज़िन्दा हैं राजकुमार अजित को औरंगज़ेब के हवाले नहीं करेंगे।' आख़िर मुग़ल सेना ने सबको घेर लिया। उन पर औरंगज़ेब के अत्याचार बढ़ने लगे। राजपूत सरदारों ने पहले अजित को वहां से निकालकर किसी सुरक्षित जगह पर पहुंचाने की बात सोची।

उन्होंने अजित के जन्म की ख़ुशी में आस-पास मिठाई के टोकरे भेजने शुरू किए। एक दिन इन्हीं टोकरों में अजित को भी छिपाकर भेज दिया गया। फिर राजपूत स्त्रियों की लाज बचाने का निश्चय किया गया। वे सब बारूद-भरे एक कमरे में बंद हो गई। इसके बाद उस कमरे में आग लगा दी गई।

इस तरह उन्होंने अपना बलिदान दिया। अब राठौर वीर मुग़ल सेना का सामना करने को तैयार हुए। घमासान लड़ाई हुई। दुर्गादास के नेतृत्व में मुट्ठी-भर

हौसलों की बुलंदी का कारण बने – दुर्गादास

राठौर वीरों ने मुग़लों को भारी नुक़सान पहुंचाया। इस युद्ध में राठौर विजयी हुए। मुग़ल सेना को दुम दबाकर भागना पड़ा।

दुर्गादास राठौर जानते थे कि औरंगज़ेब राजकुमार अजित को मारने की पूरी कोशिश करेगा। इसलिए वे अपने कुछ भरोसे के आदमी लेकर आबू पर्वत पर जा छिपे। वहीं अजित का पालन-पोषण होने लगा।

धीरे-धीरे अजित बड़ा होने लगा। उधर औरंगज़ेब का आतंक बढ़ने लगा। वह राजस्थान की रियासतों को ख़त्म करके अपने क़ब्जे में करना चाहता था। जब अजित कुछ बड़ा हो गया और औरंगज़ेब का दबाव बढ़ता ही गया, तो दुर्गादास ने तलवार उठा ली। अजित की रक्षा का प्रबंध करके दुर्गादास राठौर वीरों की सेना लेकर मुग़ल सेना का सामना करने के लिए खड़े हो गए।

औरंगज़ेब का बेटा शाहज़ादा अकबर भारी मुग़ल सेना लेकर आया था। घमासान लड़ाई हुई। हज़ारों वीर इस युद्ध में मारे गए थे। राठौर वीरों के साहस और वीरता को देखकर शहज़ादे अकबर ने कहा, 'ऐसे वीरों से लड़ने से क्या फ़ायदा? इनसे तो दोस्ती करनी चाहिए' उसने दोस्ती का हाथ बढ़ाया। लेकिन राठौर वीर तैयार नहीं हुए, परन्तु दुर्गादास के समझाने पर वे मान गए।

राठौरों और मुग़लों में समझौता हो गया, जिसकी ख़बर मिलते ही औरंगज़ेब बहुत गुस्सा हो उठा। उसने अपने बेटे अकबर को पकड़कर लाने के लिए एक बड़ी सेना भेजी। दुर्गादास राठौर ने शहज़ादे अकबर को दिलासा दी और कहा, 'आप चिंता न करें। जब तक मैं ज़िन्दा हूं बादशाह आपका कुछ नहीं बिगाड़ सकता।' शहज़ादा अकबर और दुर्गादास मेवाड़ की ओर बढ़ चले। लगभग 500 राठौर घुड़सवारों के छोटे से रक्षक दस्ते के साथ तब वे डूंगरपुर की पहाड़ियों और जंगलों की ओर बढ़ गए। दुर्गादास राठौर ने अत्यंत साहसपूर्वक प्रण किया कि वह अकबर को सकुशल मराठा दरबार में पहुंचा देगा। तब तक भारत में मराठा ही सफलतापूर्वक मुग़ल साम्राज्य का विरोध कर रहे थे।

हर नौका-घाट और दर्रे पर शाही टुकड़ियों का पहरा था। राह में पड़ने वाली मुग़ल चौकियों को बड़ी चतुरता से टालते हुए इस राठौर योद्धा ने अपने

पीछा करने वालों को भी अपने वास्तविक उद्देश्य का ठीक-ठीक पता नहीं लगने दिया। आख़िर में शहज़ादा दुर्गादास राठौर के साथ मराठा राजा संभा जी के राज्य में प्रवेश कर गया।

औरंगज़ेब उन दिनों अपने दुश्मनों के कारण बहुत परेशान हो उठा था। कहते हैं—उसने एक चित्रकार से शिवाजी और दुर्गादास के चित्र बनाने के लिए कहा। चित्रकार कुछ दिनों बाद चित्र बनाकर ले आया। उसने एक चित्र में शिवाजी को आसन पर बैठा हुआ दिखाया था, दूसरे चित्र में दुर्गादास राठौर को अपने भाले से भुट्टा भूनते हुए दिखाया था। इन चित्रों को देखकर औरंगज़ेब ने कहा था, 'मैं शिवाजी को तो किसी तरह जाल में फंसा सकता हूं, लेकिन दुर्गादास मेरी ज़िंदगी के लिए ज़हर से भी ज़्यादा ख़तरनाक है।

औरंगज़ेब ने दुर्गादास को अपने वश में करने के लिए तरह-तरह के लालच दिए। लेकिन दुर्गादास उसके किसी धोखे में नहीं आए। आख़िर दुर्गादास और औरंगज़ेब के बीच सीधा मुक़ाबला शुरू हो गया। उसने राजकुमार अजित की देखभाल का काम सोनगदेव को सौंपा और अपनी सेना लेकर दक्षिण की ओर चल दिया। शहज़ादा अकबर भी दक्षिण की ओर चला गया। जाते समय वह अपनी बेटी को दुर्गादास के पास छोड़ गया। दुर्गादास ने उसकी पूरी रक्षा करने का वचन दिया। दक्षिण में औरंगज़ेब दुर्गादास का कुछ भी नहीं बिगाड़ सका।

औरंगज़ेब राजकुमार अजित को किसी भी तरह ज़िंदा नहीं देखना चाहता था। उसने मारवाड़ को बर्बाद करने का निश्चय कर लिया। हज़ारों गांवों को नष्ट कर दिया गया, पर राठौर वीर हार मानने वाले न थे। उनके हौसलों की बुलन्दी का कारण था, वीर योद्धा—दुर्गादास।

शाही सेना और राठौर वीर दुर्गादास के बीच लड़ाइयों का सिलसिला बहुत सालों तक चला। इस बीच अजित भी बड़ा हो गया। उधर औरंगज़ेब को अपनी पोती यानी शहज़ादे अकबर की बेटी की चिन्ता हुई। उसने अजित सिंह को इस बारे में पत्र लिखे, किंतु राजा अजित सिंह की तरफ़ से कोई जवाब नहीं आया। तब औरंगज़ेब ने दुर्गादास को पत्र लिखा। दुर्गादास ने पूरे आदर

के साथ अकबर की बेटी को लौटा दिया। उसने अकबर की बेटी को इस्लामी धर्मग्रंथों की शिक्षा देने में विशेष सावधानी बरती थी। इस बात की जानकारी से औरंगज़ेब भी चकित रह गया। इसके बदले में वह दुर्गादास को इनाम देना चाहता था, लेकिन दुर्गादास ने उसे मंजूर नहीं किया।

किंतु नए-नए राजा बने अजित सिंह को दुर्गादास की यह बात अच्छी नहीं लगी। वह दुर्गादास से नाराज हो गया। औरंगज़ेब ने इसका लाभ उठाने में देर नहीं की। उसने उन दोनों के मतभेदों को तूल देने की ठानी। जिससे अजित सिंह ने गुस्सा होकर दुर्गादास को राज्य से निकाल दिया।

दुर्गादास को अजित सिंह का यह काम बुरा लगा। उन्होंने अजित के लिए क्या नहीं किया था? वे चाहते तो ख़ुद राजा बन सकते थे। या औरंगज़ेब के साथ हो जाते। पर वे देशभक्त और स्वाभिमानी वीर थे। वे मारवाड़ छोड़कर चले गए।

दुर्गादास राठौर ने अपनी अंतिम सांस उज्जैन में पवित्र शिप्रा नदी के तट पर शनिवार 22 नवम्बर, 1718 को ली। इस तरह भारत के सर्वाधिक शक्तिशाली चतुर मुग़ल सम्राट औरंगज़ेब को बड़ी सफलता के साथ चुनौती देने वाले योद्धा दुर्गादास राठौर का अंत हुआ।

हैदर अली

हैदर अली उन शासकों में से हैं, जिन्होंने अपने बल पर बड़ा राज्य स्थापित किया। शेर की तरह साहसी वीर हैदर अली का नाम हैदर अली रखने के पीछे एक रोचक तथ्य है।

कहा जाता है कि उसके जन्म के समय उसके पिता फ़तह मोहम्मद ने कुछ हिन्दू ज्योतिषियों से उसकी जन्मपत्री बनवाई थी। ज्योतिषियों ने फ़तह मोहम्मद को बताया कि बच्चे का जन्म सिंह राशि में हुआ है। तब फ़तह मोहम्मद ने अपने बच्चे का नाम हैदर जिसका अर्थ शेर होता है रखा।

हैदर अली का पिता फ़तह मोहम्मद बालापुर कलां का क़िलेदार था। वह भी एक़ बहादुर योद्धा था। जब हैदर अली तीन साल का हुआ, फ़तह मोहम्मद एक युद्ध में मृत्यु को प्राप्त हो गया। क़िले पर हमलावर नवाब का क़ब्ज़ा हो गया। उसने हैदर अली, उसके भाई शहबाज और उसकी मां को क़ैद कर लिया। उन पर मुसीबतों का पहाड़ टूट पड़ा। उन्हीं दिनों हैदर अली का एक चचेरा भाई मैसूर के राजा के यहां नायक था। उसे जब अपने चाचा के परिवार पर आए संकट का पता चला तो वह उन्हें छुड़ाने आया। नवाब उन्हें छोड़ने को तैयार नहीं था। किंतु हैदर अली के चचेरे भाई ने बहुत-सा धन जुर्माने में देकर उन सबको छुड़ाया और अपने साथ श्रीरंगपट्टन ले आया।

बालक हैदर अली के लिए श्रीरंगपट्टन आना बहुत अच्छा रहा। उसके चचेरे भाई ने उसे घुड़सवारी, निशानेबाजी, हथियारों का चलाना और लड़ाई के दांव-पेंच सिखाए। हैदर अली ने मन लगाकर इन सब कलाओं को सीखा और उसमें जल्दी से कुशलता प्राप्त कर ली। उसकी कुशलता देखकर मैसूर के राजा ने अपनी सेना में भर्ती कर लिया। जल्दी ही हैदर अली की वीरता और साहस से खुश होकर मैसूर के राजा ने उसे डिंडीगुल का सेनापति बना दिया।

हैदर अली की तलवार का वार कभी ख़ाली नहीं गया

हैदर अली की योग्यता और ताक़त दिनोंदिन बढ़ती गई। कुछ ही दिनों बाद उसे मैसूर रियासत का सेनापति बना दिया गया। उस समय मैसूर के मंत्रियों में आपसी झगड़े चल रहे थे। खांडेराव नामक एक मंत्री के षड्यन्त्र पर मराठों ने श्रीरंगपट्टन पर हमला कर दिया। हैदर अली ने इस हमले का मुंहतोड़ जवाब दिया। हैदर अली के इस वीरतापूर्ण काम के लिए मैसूर के राजा और जनता ने रियासत का सबसे बड़ा पद दिया। बाद में वह मैसूर का राजा बनाया गया। तब उसने मैसूर की दशा सुधारने के साथ-साथ वहां के शासन को भी मज़बूत बनाया। कई नए राज्यों को जीतकर उसने अपने राज्य में मिला लिया।

हैदर अली के मैसूर का राजा बनने से पहले अंग्रेज़ों का भारत आगमन हो चुका था और अंग्रेज़ अपने नापाक इरादों के साथ हिन्दुस्तान पर शासन करने के मंसूबे पाल रहे थे। दक्षिण में हैदर अली की बढ़ती ताक़त देखकर अंग्रेज़ चिंतित हो उठे, क्योंकि वह समझ गए कि हैदर अली उन्हें दक्षिणी इलाक़ों में घुसपैठ नहीं करने देगा। जिससे भारत पर एकछत्र राज्य करने का उनका सपना पूरा नहीं हो सकता था। यह सोचकर अंग्रेज़ों ने बिना कारण ही हैदर अली के बारामहल इलाक़े पर हमला करके छेड़छाड़ शुरू कर दी। हैदर अली अंग्रेज़ों से झगड़ा नहीं करना चाहता था, किंतु अंग्रेज़ों ने उसके इलाक़े में घुसकर हमला किया था, जिससे उसका सोया हुआ स्वाभिमान जाग उठा था जिससे हैदर अली ने अंग्रेज़ों के ख़िलाफ़ तलवार उठा ली।

हैदर अली ने एक-एक कर उन सभी क़िलों पर हमला करना शुरू कर दिया, जो अंग्रेज़ों के अधिकार में थे। इन्हीं दिनों की बात है हैदर अली लड़ाई के मैदान में था। उस समय उसकी मां वहां से दो सौ मील दूर थी। अचानक मां को ख़बर मिली कि हैदर अली हार गया है। मां का दिल चिंतित हो उठा। वह व्याकुल होकर तुरंत पालकी में बैठकर अपने बेटे को हिम्मत बंधाने के लिए चल पड़ी।

बरसात के दिन थे। रास्ता ठीक नहीं था किंतु वह दिन-रात चलकर लड़ाई के मैदान में हैदर के पास पहुंच गई। अपनी मां को लड़ाई के मैदान में देखकर

हैदर परेशान और आश्चर्यचकित रह गया। उसे हैरान देखकर उसकी मां ने कहा, 'इसमें हैरान होने की क्या बात है... मैं तो यह देखने यहां आई हूं कि तुम अपनी हार को कितनी हिम्मत और बहादुरी के साथ सह सकते हो।'

'लेकिन मैं तो हारा ही नहीं, किसी ने आपको झूठी ख़बर दी है', हैदर अली परेशान होकर बोल उठा।

'ठीक है, अगर ऐसा है तो मैं इसी समय लौट जाऊंगी,' और वह हैदर अली को आशीर्वाद देकर लौट गई।

हैदर अली एक वीर और साहसी योद्धा था। उसका रंग सांवला, कद मंझोला और शरीर गठा हुआ तथा सुंदर था। वह बड़ा ही फुर्तीला और मज़बूत था। उसे घोड़े की सवारी का बहुत शौक़ था। दूर-दूर के सौदागर घोड़े लेकर आते और हैदर उन्हें भारी-भारी क़ीमतें देकर ख़रीद लेता। लेकिन इसके साथ ही उसे मीलों तक पैदल चलने की भी आदत थी। वह सिर पर सौ हाथ लम्बी लाल पगड़ी पहना करता था। हैदर अली को शेर पालने का बड़ा शौक था। उसके पाले हुए शेर रोज़ सवेरे खोलकर उसके सामने लाए जाते थे। वह उन्हें प्यार से सहलाता, थपथपाता और लड्डू खिलाया करता था। कभी-कभी वह अपने किसी जांबाज सिपाही से शेर की कुश्ती भी कराता था। अगर सिपाही जीत जाता, तो उसे इनाम मिलता लेकिन अगर शेर सिपाही को दबोचने की कोशिश करता, तो हैदर अली तुरंत शेर को गोली से उड़ा देता।

अंग्रेज़ों से लड़ने के लिए हैदर अली अपने बेटे टीपू को भी साथ ले जाया करता था। अपने साठ साल के जीवन में हैदर अली ने बहुत लड़ाइयां जीती थीं। दक्षिण भारत में उसका बहुत आतंक छा गया था। वह अंग्रेज़ों को दक्षिण से निकाल देना चाहता था। उसने अंग्रेज़ों की ताक़त को इतना कमज़ोर बना दिया था कि वे घबरा उठे थे। हैदर अली का नाम सुनकर अंग्रेज़ों में खलबली मच जाती। हैदर अली की सेनाएं अचानक हमले करती थीं। बिना आराम किए हुए लम्बी-लम्बी यात्राएं करने के बाद अंग्रेज़ों की सेनाओं पर टूट पड़ना हैदर अली के लिए मामूली बात थी। हैदर अली एक उदार योद्धा था। वह

वीरों की इज़्ज़त करता था। जिन्हें युद्ध में हरा देता, उनके साथ वह दया और उदारता का व्यवहार करता। अपने सिपाहियों के साथ भी वह बराबरी का व्यवहार करता। वह खुद भी एक सिपाही की तरह रहता था। जो कुछ उसके सिपाही खाते वही ख़ुद भी खाता था। उसकी ताक़त और तकलीफ़ों में लड़ने की हिम्मत की कोई सीमा न थी। वह बारिश और कड़ाके की सर्दी में कई-कई रातें घोड़े की पीठ पर ही गुजार देता। वह इस बात का पूरा ध्यान रखता कि उसके सिपाही जनता को किसी तरह का कष्ट न दें। लड़ाई में जीतने के बाद वह ग़रीबों, साधु, फकीरों और धार्मिक संस्थाओं को ख़ूब दान देता। जीते हुए इलाकों के क़िलों की मरम्मत करवाने और सुरक्षा का पूरा इन्तज़ाम करने के बाद ही वह आगे बढ़ता।

हैदर अली पढ़ना-लिखना बिल्कुल नहीं जानता था। लेकिन उसकी बुद्धि मानी, सेना के संचालन और शासन प्रबन्ध की सभी तारीफ़ करते थे। अगर कोई सरकारी अफ़सर जनता को कष्ट पहुंचाता तो हैदर अली उसे कड़ी से कड़ी सज़ा देता। उसके राज्य में चोर-डाकुओं का नाम तक न सुनाई देता। वह अक्सर वेश बदलकर रात को श्रीरंगपट्टन और अन्य नगरों की गलियों में घूमता। इस तरह उसे जनता के सुख-दुःख की सही जानकारी मिल जाती। हिन्दू-मुस्लिम एकता का हैदर अली अद्भुत उदाहरण था। उसके यहां बड़े-बड़े मंत्री हिन्दू थे। उसने कई हिन्दू मंदिर बनवाए थे। अपने दरबार में वह हिन्दुओं के त्योहार बड़ी धूमधाम से मनाता था।

ग़रीब, कमज़ोर और किसी भी जाति या धर्म के स्त्री-पुरुष को यह छूट थी कि वह हैदर अली के सामने आकर अपनी शिकायत सुनाए। साठ का होकर भी वह लड़ाइयां लड़ता रहा। आरनी की विजय के बाद जब वह लौट रहा था, तो उसकी कमर में एक फोड़ा निकला। हैदर अली आरकाट के क़िले में लौट आया। फोड़े का इलाज नहीं हो सका और वही उसकी मौत का कारण बना। 6 दिसम्बर, 1782 को हैदर अली अपनी वीरता की कहानियां छोड़कर मृत्यु की गोद में सो गया।

कुंवरसिंह

बिहार के शाहाबाद ज़िले में, जगदीशपुर रियासत के राजा बाबू कुंवरसिंह को जनता बहुत प्यार करती थी। वे महान योद्धा थे। उनके राज्य में लोग सुखी और शांत थे। वे खुद बड़ा पवित्र जीवन बिताते थे। अपने संयमित जीवन के कारण वे बुढ़ापे में भी जवानों की तरह चुस्त-दुरुस्त थे। जिस तरह वह बुराइयों से दूर थे, उसी तरह वे चाहते थे कि उनकी प्रजा भी बुराइयों से दूर रहे। यह बात उनकी प्रजा जानती थी, इसलिए उनके डर से कोई खुले तौर पर तम्बाकू तक नहीं पीता था।

देश के अन्य स्थानों की तरह जगदीशपुर रियासत पर अंग्रेज़ों की कम्पनी सरकार का प्रभाव था। अन्य राजाओं की भांति कुंवरसिंह भी अंग्रेज़ों से अपनी रियासत वापस लेने की फिराक में थे। सन् 1857 में जब मेरठ में सैनिकों ने विद्रोह कर दिया, तो देश-भर में स्वतंत्रता संग्राम छिड़ गया। रोटी और कमल के फूल के माध्यम से जन-जन तक इस संग्राम की चिंगारी को फूंका गया था।

मंगलपांडे का बलिदान स्वतंत्रता संग्राम में घी की आहुति का काम किया था। दानापुर की क्रांतिकारी सेना जगदीशपुर आई। कुंवरसिंह की आयु उस समय अस्सी साल की थी, लेकिन शरीर में जोशो-ख़रोश किसी बीस वर्ष के नवयुवक की तरह उछल रहा था। क्रांतिकारी सैनिक उनके विचारों को जानते थे इसलिए उन्हें अपना सेनापति बनाने की पेशकश उन सैनिकों ने की। कुंवरसिंह एकदम तैयार हो गए। वे हथियारों से लैस होकर महल से निकल पड़े।

अपनी क्रांतिकारी सेना का नेतृत्व करते हुए वे आरा की ओर चल पड़े। रास्ते में उन्हें जगह-जगह उनके प्रजाजन मिले, जिन-जिन की इच्छा सेना में मिलने की थी, उन्हें सैनिक बनाकर वे आरा पहुंचे। उन्होंने वहां कुछ ही देर में अंग्रेज़ सैनिकों को हरा कर अंग्रेज़ी ख़ज़ाने पर क़ब्ज़ा कर लिया। उनके आदेशानुसार क्रांतिकारी सैनिकों ने जेलख़ाने से क़ैदियों को छोड़ दिया। आरा

का क़िला क्रांतिकारियों द्वारा घेर लिया गया। अंग्रेज़ अफ़सर सैनिक क़िले में बंद होकर उनकी व्यूह रचना को तोड़ने की योजना बनाने लगे।

कुंवरसिंह ने एक दूत भेजकर कम्पनी सेना को संदेश भिजवाया कि अगर तुम चुपचाप क़िला ख़ाली कर दोगे, तो तुम्हें ज़िंदा छोड़ दिया जाएगा। कम्पनी सेना को अपनी योजना पर भरोसा था। इस बीच उन्होंने सहायता लेने के लिए अंग्रेज़ कप्तान डरबन को बुला भेजा था। इसलिए कुंवरसिंह के दूत को उन्होंने क़िला ख़ाली करने से साफ मना कर दिया। क्रांतिकारी सैनिक उनके इस रवैये से क्रोधित हो गए किंतु किया क्या जा सकता था।

इस बीच अंग्रेज़ कप्तान डरबन चार सौ सैनिक लेकर आरा पहुंचा। कुंवरसिंह को पता लगा तो उन्होंने आम के एक बाग़ में अपने कुछ सिपाहियों को पेड़ों पर चढ़ाकर छिपा दिया। रात का समय था। कप्तान डरबन अपनी सेना लेकर उधर से ही गुज़रा। कुंवरसिंह के सिपाहियों ने अचानक उन पर गोलियां बरसानी शुरू कर दी। कप्तान डरबन सहित तीन सौ सैनिक मारे गए, बाक़ी जान बचाकर भाग गए।

क्रांतिकारी सैनिकों में यह देखकर गुस्सा चढ़ गया, वे उसी समय क़िले पर हमला करने की तैयारी करने लगे कि तभी मेजर आयर एक बड़ी सेना लेकर आरा पहुंचा। आरा से पहले बीबीगंज के पास मेजर आयर और कुंवरसिंह का सामना हुआ। अनुभवी अंग्रेज़ सैनिकों के सामने क्रांतिकारी सैनिक ज़्यादा देर नहीं टिक पाए। कुंवरसिंह की सेना को पीछे हटना पड़ा। आरा का क़िला फिर से अंग्रेज़ों के हाथ आ गया। अंग्रेज़ों के हौसले बुलंद हो गए। वे कुंवरसिंह को सबक सिखाना चाहते थे। इसलिए मेजर आयर ने आगे बढ़कर जगदीशपुर पर हमला किया।

अनुभवी कुंवरसिंह जानते थे कि अंग्रेज़ चिढ़कर जगदीशपुर पर हमला करेंगे। इसलिए अंग्रेज़ों के हमले से पहले ही वे अपने परिवार और बारह सौ सैनिकों को लेकर वे जगदीशपुर से निकल चुके थे। जगदीशपुर पूरी तरह अंग्रेज़ों के हाथ आ गया। अंग्रेज़ किसी भी तरह क्रांति की चिंगारी जो शोले

बनकर भड़क उठी थी, उसे दबाना चाहते थे। इसलिए वे कुंवरसिंह के पीछे बुरी तरह पड़ गए।

कुंवरसिंह ने आजमगढ़ से पच्चीस मील दूर अतरौलिया में क्रांतिकारी सेना इकट्ठी की। अंग्रेज़ों को उनके इरादों की ख़बर मिल चुकी थी। इसलिए आनन-फानन कप्तान मिलमैन अंग्रेज़ी सेना लेकर वहां पहुंच गया। कुछ देर तक दोनों सेनाओं में युद्ध हुआ। अचानक कुंवरसिंह अपनी सेना लेकर पीछे हट गए। मिलमैन ने समझा कि अब कुंवरसिंह हार गया। यह सोचकर वह भी विश्राम की सोचने लगा। उसने अपने साथियों को पड़ाव डालकर भोजन बनाने की आज्ञा दे दी।

मिलमैन के सैनिक एक बाग़ में ठहरकर भोजन की तैयारी करने लगे। किंतु वे कुंवरसिंह की योजना से अनजान थे। उस बुढ़ापे में भी बड़े साहस और शीघ्रता से सेना का संचालन कर रहे कुंवरसिंह इसी बात का इंतज़ार कर रहे थे कि कब अंग्रेज़ सैनिक उनसे बेख़बर हों और वे उन पर हमला करें।

जब रात में अंग्रेज़ सैनिक दावतें उड़ा रहे थे। कुंवरसिंह ने बिजली की तरह चमक कर उन पर हमला कर दिया। अंग्रेज़ सैनिक बौखला गए। उनमें भगदड़ मच गई। क्रांतिकारी सैनिक उन पर भूखे शेरों की तरह टूट पड़े। कुंवरसिंह मिलमैन की तलाश में थे, किंतु मिलमैन बड़ी मुश्किल से जान बचाकर वहां से भागा।

कुछ दिनों बाद अंग्रेज़ अपने इस अपमान का बदला चुकाने के लिए फिर से उठ खड़े हुए। कर्नल डेम्स, मिलमैन की मदद के लिए एक बड़ी सेना लेकर आया। कुंवरसिंह और अंग्रेज़ सेना के बीच घमासान युद्ध हुआ। कुंवरसिंह इस युद्ध में विजयी हुए। कर्नल डेम्स भागकर आज़मगढ़ के क़िले में छिप गया। कुंवरसिंह आजमगढ़ की ओर बढ़े और उसे अपने अधिकार में ले लिया।

इस समय तक लखनऊ से भागे हुए बहुत से क्रांतिकारी कुंवरसिंह के साथ हो गए थे। जब वह वाराणसी के पास अपना अड्डा बनाए हुए थे। अंग्रेज़ सेनापति लार्ड मार्क एक बड़ी सेना लेकर कुंवरसिंह से मुक़ाबला करने के लिए

अंग्रेज़ों के छक्के छुड़ाने वाला रण बांकुरा

पहुंचा। दोनों सेनाओं में जमकर युद्ध हुआ। एक अंग्रेज़ लेखक ने कुंवरसिंह की वीरता और साहस का वर्णन करते हुए लिखा है कि 'उस युद्ध में इक्यासी साल का बूढ़ा अपने सफ़ेद घोड़े पर सवार, घमासान लड़ाई के बीच बिजली की तरह लपकता दिखाई दे रहा था।'

यह कुंवरसिंह के साहस और फुर्ती का ही कमाल था कि इस युद्ध में लार्ड मार्क हार गया और वह भागकर आज़मगढ़ के क़िले में छिप गया। आज़मगढ़ क्रांतिकारियों के क़ब्जे में था। उन्होंने क़िला घेर लिया। तभी खबर मिली कि सेनापति लगर्ड विशाल सेना लेकर आज़मगढ़ आ रहा है। कुंवरसिंह यह ख़बर पाते ही चौकन्ने हो गए। उन्होंने नई युद्ध योजना बनाई जिसके अनुसार एक सैनिक टुकड़ी को आज़मगढ़ की ओर आने वाले रास्ते पर तानू नदी के पुल पर तैनात कर दिया गया।

कुंवरसिंह उस टुकड़ी को तैनात करके जगदीशपुर की ओर चल पड़े। उनकी सैनिक टुकड़ी ने लगर्ड की सेना का डटकर मुक़ाबला किया। अंग्रेज़ों को यहां कुंवरसिंह नहीं दिखाई दिए। यह देखकर वह बौखला गए। उधर कुंवरसिंह की सैनिक टुकड़ी भी चुपचाप निकलकर मुख्य सेना से जा मिली। लगर्ड को जब कुंवरसिंह की इस चाल का पता लगा, तो वह उनके पीछे भागा। किंतु तब तक कुंवरसिंह काफ़ी आगे जा चुके थे। जब लगर्ड अपनी सेना लेकर लौट रहा था, तो कुंवरसिंह थोड़ा-सा चक्कर लगाकर उसके पीछे से आ गए। उन्होंने अंग्रेज़ सेना को इतनी भयानक मार मारी कि लगर्ड की सेना भाग खड़ी हुई।

कुंवरसिंह के पीछे अंग्रेज़ हाथ धोकर पड़ गए थे। जिस समय वे लगर्ड की सेना को भगा रहे थे उसी समय एक और सेना डगलस की अगुवाई में उनका पीछा करती हुई वहां आ पहुंची। उससे कुंवरसिंह की मुलाक़ात नघई गांव में हुई। ज़ोरदार युद्ध हुआ। और डगलस को पीछे हटना पड़ा। अंग्रेज़ सेना इतनी आसानी से हार मानने वाली नहीं थी। उधर कुंवरसिंह इस उक्ति को लागू कर रहे थे—तू डाल-डाल मैं पात-पात। उनके हाथों बार-बार अंग्रेज़ों को हार मिल रही थी और वे बौखला उठे थे। वे किसी भी तरह कुंवरसिंह को ज़िंदा या मुर्दा

पकड़ना चाहते थे। डगलस से ज़ोरदार युद्ध के बाद कुंवरसिंह गंगा की ओर बढ़े। उन्होंने रास्ते में पड़ने वाले गांवों के माध्यम से अफ़वाह फैला दी कि उनकी सेना बलिया के पास हाथियों की मदद से गंगा पार करेगी। अंग्रेज़ी सेना को पता लगा तो वह पहले से ही वहां जाकर डट गई। इस इंतज़ार में कि कब कुंवरसिंह गंगा पार करें और कब वे उन्हें पकड़ें।

किंतु कुंवरसिंह तो वहां से सात मील दूर शिवपुर घाट से रात के समय गंगा पार कर रहे थे। जब अंग्रेज़ों को इसका पता चला, तो वे उधर ही दौड़े। जब तक अंग्रेज शिवपुर घाट पहुंचे, तब तक कुंवरसिंह की पूरी सेना गंगा पार कर चुकी थी। केवल आख़िरी किश्ती में कुंवरसिंह और उनके कुछ साथी जा रहे थे। जब किश्ती बीच धार में थी अंग्रेज़ सेना किनारे पर पहुंच गई। अंग्रेज उन्हें देखकर गोलियां बरसाने लगे। एक अंग्रेज़ सैनिक की गोली कुंवरसिंह के दाहिने हाथ की कलाई में लगी। बूढ़े कुंवरसिंह ने सोचा कि इस गोली का ज़हर पूरे शरीर में फैल सकता है। इसलिए बाएं हाथ से तलवार निकालकर उन्होंने ख़ुद ही अपने दाहिने हाथ को कुहनी पर से काटकर गंगा में फेंक दिया। इसके बाद घाव पर कपड़ा लपेटकर वे गंगा पार कर गए।

यह उनका बहुत बड़ा साहस था। गंगा पार कुंवरसिंह फिर से जगदीशपुर पहुंचे और उस पर क़ब्ज़ा कर लिया। उन्होंने अपना दाहिना हाथ काट दिया था। किंतु उनका घाव ठीक नहीं हुआ था। उनके पास अब सेना भी एक हज़ार से ज़्यादा नहीं थी। अंग्रेज़ उनकी यह अवस्था भांप चुके थे और उन पर हमला करने के इरादे से उन्होंने सेनापति लीग्रैंड को भारी सेना के साथ जगदीश पुर पहुंचा।

कुंवरसिंह घायल थे, किंतु उनका साहस कम नहीं हुआ था। उन्होंने अपने बाएं हाथ से तलवार चलाकर अंग्रेज़ों की सेना का डटकर सामना किया। उनके साहस और फुर्ती को देखकर उनके सैनिक भी उत्साहित हो उठे और उन सबों ने अंग्रेज़ों को गाजर-मूली की तरह काट दिया। एक अंग्रेज़ इतिहासकार ने वह दृश्य याद करते हुए लिखा था, 'वहां जो कुछ भी हुआ उसे लिखते हुए लज्जा

आती है। हम वहां केवल कत्ल होने गए थे। हमें वहां पूरी और सबसे बुरी हार खानी पड़ी थी।'

कुंवरसिंह अपनी रियासत के फिर से राजा बन गए थे, किंतु उनके हाथ का घाव अच्छा नहीं हुआ था। वही उनकी मौत का कारण बना। वृद्धावस्था में भी अंग्रेज़ों को जिस शौर्य के साथ उन्होंने लोहे के चने चबवाये थे, वह निश्चित तौर पर प्रशंसनीय है। किंतु हाथ का घाव उन्हें ले डूबा। अपनी मृत्यु के समय वे स्वतंत्र थे और उनके महल पर हरा झंडा लहरा रहा था। एक वीर योद्धा के लिए यह सबसे बड़े गौरव की बात थी।

टीपू सुलतान

टीपू सुलतान अपने पिता हैदर अली जैसा ही महान योद्धा था। कहा जाता है कि एक मुसलमान फ़क़ीर टीपू मस्तान औलिया के आशीर्वाद से ही टीपू का जन्म हुआ था। इसलिए उसका नाम रखा गया - फतहअली टीपू। हैदर अली ने टीपू को बचपन से ही ऐसी सीख दी कि वह एक महान योद्धा बने।

हैदर अली खुद पढ़ा-लिखा न था, किंतु टीपू को उसने लिखना-पढ़ना भी सिखाया। दरअसल हैदर अली चाहता था कि उसका बेटा उससे एक क़दम आगे ही निकले। हुआ भी ऐसा ही। टीपू जैसे ही युवा हुआ, वह पिता के साथ लड़ाई के मैदान में जाने लगा।

धीरे-धीरे हैदर अली को भी विश्वास हो गया कि उसका बेटा भी उसकी ही तरह वीर और साहसी है। एक बार जब हैदर अली अंग्रेज़ों से लड़ रहा था, उसने टीपू को पांच हज़ार सैनिक देकर चुपचाप मद्रास की ओर भेज दिया। उस समय टीपू अठारह साल का था। टीपू जब अपनी सेना के साथ मद्रास पहुंचा, तो अंग्रेज़ी सेना में भगदड़ मच गई। अंग्रेज़ अफ़सर किसी तरह जान बचाकर एक जहाज़ के माध्यम से वहां से भागे। मद्रास पर टीपू का अधिकार हो गया। इसके बाद मंगलौर तथा अन्य कई लड़ाइयों में टीपू ने वीरता दिखाई और अपने पिता का साथ दिया।

टीपू का जबर्दस्त आतंक था अंग्रेज़ों पर। अंग्रेज़ी हुकूमत के बढ़ते असर को टीपू भांप चुका था और इसलिए वह उन्हें यहां से दूर करने के लिए उसने नेपोलियन से भी सहायता मांगी थी।

हैदर अली की मृत्यु के बाद टीपू सुलतान ने मैसूर का राज्य सम्हाला। उसने अपने पिता के नेतृत्व में अनेक लड़ाइयां लड़ी थीं। यह सारी लड़ाइयां अंग्रेज़ों के विरुद्ध थीं। टीपू और हैदर अली के रहते अंग्रेज़ दक्षिण भारत पर अपना अधिकार नहीं जमा सकते थे, इसलिए उन्होंने मैसूर के आसपास के शासकों

को अपनी ओर मिलाना आरंभ किया। कुछ देश के दुश्मन अंग्रेज़ों के साथ मिलकर मैसूर की जड़ों को खोखला करने में लग गए।

टीपू को यह अच्छी तरह पता था कि एक संगठित सेना ही अंग्रेज़ों की सेना का सामना कर सकती है। अतः उसने अपनी सेना को संगठित और सुसज्जित करना शुरू किया। इधर अंग्रेज़ों ने अपने धोखे का जाल फैलाना शुरू किया। उन्होंने टीपू से समझौते की बात चलाई। टीपू भी बेकार खून-खच्चर होने से बचना चाहता था। इसलिए उसने अंग्रेज़ों की बात मान ली। लेकिन यह सब तो अंग्रेज़ों की चाल थी। उन्होंने अचानक ही समझौता तोड़ दिया और टीपू पर हमला किया।

टीपू को अंग्रेज़ों के साथ लड़ने के तरीक़े मालूम थे। उसने उन पर हमला करने का नया तरीक़ा निकाला। वह अंग्रेज़ों की सेना पर अचानक बिजली की तरह टूट पड़ता और उसे नष्ट कर देता। इस तरह के हमलों से अंग्रेज़ बहुत घबरा गए थे। टीपू उन्हें लगातार चोट पहुंचाने लगा और अपनी ताक़त को बढ़ाता गया।

टीपू ने मैसूर राज्य की उन्नति के लिए बड़ा काम किया। उसने सूती, रेशमी और ऊनी कपड़े बनाने का काम ख़ूब बढ़ाया। लोहे के कारखाने खुलवाए जिनमें बढ़िया तोपें और बन्दूकें बनती थीं। मैसूर की जनता के बेहतर जीवन के लिए उसने बहुत से काम किए। वह अपने पिता की भांति योग्य, होशियार और चतुर शासक था। उसकी प्रजा उससे खुश और संतुष्ट थी। टीपू का हुक्म था कि कोई पटेल ज़मींदार किसानों से बेगार या मुफ़्त मज़दूरी न कराए।

टीपू ने गांवों में पंचायतें बना दी थीं, जो लोगों के आपसी झगड़ों का फ़ैसला करती थीं। वह न तो शराब पीता था और न ही अपने राज्य में शराब बनाना पसंद करता था। उसने शराबबन्दी क़ानून जारी करके शराब बनाने और पीने पर कड़ी रोक लगा दी थी। लोगों पर इसका बड़ा गहरा असर पड़ा। जहां प्रजा के लिए वह साहसी, बहादुर शासक था, वहीं उसके सीने में नर्म दिल धड़कता था।

अपने निजी जीवन में बेहद सरल और सादा जीवन बिताने वाला टीपू सभी धर्मों की इज़्ज़त करता था। उसकी नज़रों में सभी धर्म एक से थे। इसलिए वह सभी का आदर करता था। उसके महल के भीतर कई हिन्दू पुरोहित और ज्योतिषी रहते थे। जिनसे वह समय-समय पर धर्म की चर्चाएं करता था।

टीपू को अंग्रेज़ों के ग़लत इरादों का भान था, इसलिए वह उनसे नफ़रत करता था। हैदर अली के व्यवहार ने उसकी इस नफ़रत को बढ़ावा दिया था। अपने पिता की भांति वह अंग्रेज़ों को हर तरह से नष्ट करना चाहता था। उन दिनों अंग्रेज़ों ने अपनी छावनी कोलकाता को बनाया हुआ था। उनकी हर योजना कोलकाता में बनाई जाती थी। कोलकाता के आस-पास के क्षेत्र को उन्होंने अपने क़ब्ज़े में ले लिया था, किंतु मैसूर और उसके आस-पास टीपू उन्हें फटकने नहीं दे रहा था। टीपू अपनी आज़ादी के लिए बड़ा-से- बड़ा बलिदान करने के लिए तैयार था। उसकी बहादुरी और साहस को देखकर अंग्रेज़ समझ गए थे कि अगर टीपू की ताक़त को ख़त्म नहीं किया गया, तो भारत में उनके पैर नहीं जम सकेंगे।

अंग्रेज़ भी टीपू को ख़त्म करने के लिए जुट गए। टीपू की ताक़त कम करने के लिए अंग्रेज़ों ने पहले मैसूर के पड़ोसी राज्यों को लड़ाकर उनकी ताक़त कम करने वाली चाल चली। लेकिन उसमें ज़्यादा सफलता नहीं मिली। तब उन्होंने टीपू को बदनाम करना शुरू किया, जिससे वह जनता की नज़रों में गिर जाए, क्योंकि टीपू की असली ताक़त उसकी प्रजा थी।

अंग्रेज़ों ने इसके अलावा उसके ऐसे कई आदमियों को ललचाकर और भड़काकर अपनी ओर मिला लिया, जो वक़्त पर टीपू को धोखा दे सकें। इन सबके बाद भी टीपू की वीरता और युद्ध की चतुरता के सामने अंग्रेज़ों को मुंह की खानी पड़ती। वे टीपू के नाम से ही चौंक पड़ते। एक अंग्रेज़ पादरी के अनुसार 'अंग्रेज़ माताएं टीपू का नाम लेकर अपने रोते बच्चों को डराती और उन्हें चुप कराया करती थीं।

आख़िर अंग्रेज़ अपनी चालों में कामयाब हो गए। उन्होंने टीपू के अत्यधिक

अंग्रेज़ डरते थे टीपू सुलतान से

सुरक्षित क़िले में प्रवेश पा लिया, क्योंकि टीपू के कुछ अविश्वासी आदमी जिन्हें टीपू अपना बहुत विश्वासी आदमी मानता था, अंग्रेज़ों से मिल गए। अंग्रेज़ों के बहकावे में आकर उसके सेनापतियों–पूर्निया, कमरुद्दीन खां, दीवान मीर सादिक आदि टीपू को कई महत्त्वपूर्ण स्थानों पर ग़लत सलाह दी और टीपू को धोखे में रखा। अपनों पर विश्वास करके टीपू ने धोखा खाया, जिसका फल यह हुआ वह अपने ही लोगों के विश्वासघाती जाल में घिर गया।

जब उसका विश्वास टूटा, तब उसने स्वयं को अकेला पाया। कुछ मुट्ठी भर साथी और उसकी सेना ही उसके साथ थी। फिर भी उसका हौसला कम न हुआ। वह अंग्रेज़ों के साथ हर मोर्चे पर बहादुरी के साथ लड़ता रहा। वह कहता था, 'दो सौ साल तक भेड़ की तरह जीने के बदले दो दिन शेर की तरह जीना ज़्यादा बेहतर है।

अंग्रेज़ों ने अब उसे अकेला जानकर मौक़ा पाकर एक दिन मैसूर पर हमला कर दिया। वह अपनी सेना के साथ लड़ाई के मोर्चे पर डट गया। अपने प्रिय शासक को दुश्मनों से घिरा देखकर मैसूर की जनता भी खुलकर सामने आ गई। स्त्रियों ने भी आदमियों के साथ कन्धे से कन्धा मिलाकर सामना किया।

टीपू के किसी अविश्वासी आदमी ने क़िले का दरवाज़ा खोल दिया, जिससे अंग्रेज़ों की सेना क़िले में घुस आई। उसके विश्वासघाती साथियों ने उसे शत्रु के शिकंजे में पूरी तरह फंसा दिया था। अंग्रेज़ सैनिकों ने उसे घेर कर गोलियां चलानी शुरू कर दीं, उसकी छाती में बाईं ओर एक गोली लगी जिससे वह घायल हो गया। तब भी वह अपनी बन्दूक़ की गोलियों से शत्रु के सिपाहियों को भूनता रहा। कुछ ही देर बाद दूसरी गोली दाईं ओर के सीने में लगी। टीपू बुरी तरह लहूलुहान हो गया था। उसका घोड़ा भी गिर चुका था।

टीपू ने अब बन्दूक़ छोड़ तलवार निकाल ली और अंग्रेज़ सैनिकों को गाजर-मूली की तरह काटता हुआ आगे बढ़ा। किंतु ख़ून अधिक बह जाने के कारण वह एक स्थान पर लहराता हुआ गिरने लगा। यह देख कुछ अंग्रेज़ सैनिक उसके पास आए, तब भी उसने तलवार के एक झटके से एक सैनिक की टांग

उड़ा दी। अंग्रेज़ सैनिकों ने अन्धाधुन्ध गोलियों की बौछार उस पर कर दी। गोलियां टीपू को लगीं और वह सदा के लिए सो गया।

युद्ध ख़त्म होने पर दूसरे दिन जब लाशों के ढेर में से टीपू की लाश खोजकर निकाली गई, तो उसकी मुट्ठी उस समय भी तलवार की मूंठ पर कसी हुई थी। टीपू की मृत्यु पर किसी ने ठीक ही कहा था—हिन्दुस्तान की तलवार ग़ायब हो गई।

तांत्या टोपे

सन् 1857 के स्वतंत्रता आन्दोलन में जो लोग अपने साहस और वीरता के लिए सदा अमर हो गए। उन्हीं में एक नाम तांत्या टोपे का भी है। एक अंग्रेज़ इतिहासकार ने लिखा था, 'तांत्या टोपे में एक सच्चे योद्धा के गुण मौजूद थे।'

उनका पूरा नाम रामचन्द्र पांडुरंग टोपे था। पिता पांडुरंग भट्ट बाजीराव पेशवा के यहां बिठूर में नौकरी करते थे। बाजीराव पेशवा ने नाना धुन्धु पन्त को अपना बेटा बनाकर गोद लिया था। तांत्या टोपे और नाना साहब बचपन के अच्छे मित्र थे।

पेशवा और अंग्रेजों में रियासत को लेकर खींचतान हो रही थी। अंग्रेज़ अपनी नीतियों के तहत पेशवा से समझौता करके पेशवा को आठ लाख रुपए सालाना पेंशन दे रहे थे। उस समय तांत्या टोपे एक मामूली क्लर्क के रूप में बिठूर में नौकरी करते थे।

सन् 1851 में बाजीराव पेशवा की मृत्यु गई। अंग्रेज़ों ने उनकी पेंशन बंद कर दी और धमकी देने लगे कि वह जब चाहेंगे बिठूर की जागीर पर अधिकार कर सकते हैं। उस समय नाना साहब कानपुर में रहते थे। उन्होंने अपनी पेंशन प्राप्त करने की कोशिशें शुरू कर दीं। किंतु अंग्रेज़ों ने साफ़-साफ़ उन्हें उत्तराधिकारी मानने से इन्कार कर दिया। अंग्रेज़ों की नीयत साफ़ जाहिर हो रही थी कि वे बिठूर को हड़पना चाहते थे। वे अब तक कई राज्यों को इसी तरह हड़प चुके थे, जिनमें झांसी भी प्रमुख था।

अंग्रेज़ों की नीयत भांपते ही नाना साहब और अंग्रेज़ों के बीच तनाव बढ़ने से युद्ध की शुरुआत हो गई। अंग्रेज़ों ने कानपुर पर हमला किया और नाना साहब के महल पर क़ब्ज़ा कर लिया। नाना साहब पर संकट आया देखकर तांत्या टोपे ने अब कलम छोड़कर तलवार उठा ली। तलवारबाज़ी, घुड़सवारी की सीख

भी वह ले चुके थे। इसलिए नाना साहब के सेनापति बनने में उन्हें ज़रा भी परेशानी नहीं हुई। उन्होंने सेना तैयार की और बिठूर पर क़ब्ज़ा कर लिया।

1857 के स्वतंत्रता संग्राम की शुरुआत हो चुकी थी। स्थान-स्थान पर क्रांतिकारी सेनाएं युद्ध कर रही थीं। अंग्रेज़ सेनापति हैवलाक और तांत्या के बीच घमासान युद्ध हुआ। तांत्या पहले तो जीत गए, लेकिन जब अंग्रेज़ी सेना ने और मदद मंगाकर अपनी ताक़त बढ़ा ली, तो उन्हें हारकर पीछे हटना पड़ा। तांत्या चुपचाप ग्वालियर की ओर मुड़ गए। ग्वालियर में बहुत बड़ी सेना थी। तांत्या ने उसे साथ लिया और कालपी पहुंचे। वहां के क़िले पर क़ब्ज़ा करके तांत्या ने उसे अपनी गतिविधियों का केन्द्र बनाया। जब काफ़ी सेना और सेना का सामान इकट्ठा हो गया, तब वे कानपुर की ओर बढ़े। कानपुर अब भी अंग्रेज़ों के क़ब्ज़े में था। उधर नाना साहब ने भी आन्दोलन की चिंगारी को भड़काने का काम सम्हाले हुए थे।

तांत्या उचित समय को देखते हुए अपनी बड़ी सेना लेकर जब कानपुर पहुंचे। तब कानपुर में अंग्रेज़ जनरल विंढ़म का अधिकार था। जनरल विंढ़म के पास सेना की कमी नहीं थी। दोनों सेनाओं में ज़ोरदार लड़ाई हुई। तांत्या ने बड़ी चालाकी से अपनी सेना की अगुवाई की। जीत उनके पक्ष में ही थी कि विंढ़म ने लखनऊ और इलाहाबाद से मदद मंगा ली। लखनऊ और इलाहाबाद की ओर से भारी संख्या में अंग्रेज़ सेनाएं आईं। उन्होंने कानपुर फिर से छीन लिया और तांत्या को कालपी वापस लौटना पड़ा।

कालपी आकर तांत्या चुप नहीं बैठे, उन्होंने फिर से सेना तैयार की। तभी झांसी की रानी लक्ष्मीबाई और अंग्रेज़ सेनापति सर ह्यूरोज में लड़ाई छिड़ गई। रानी को अकेला जान ह्यूरोज निश्चिंत था, किंतु रानी नाना साहब की मुंहबोली बहन थी और बचपन में तांत्या टोपे के साथ उन्होंने भी घुड़सवारी का प्रशिक्षण लिया था। जब रानी ने तांत्या से सहायता मांगी, तो तांत्या तुरंत ही अपने चौदह हज़ार सैनिक लेकर झांसी आए।

युद्ध छिड़ गया। किंतु सर ह्यूरोज से हुए मुक़ाबलों में तांत्या की सेना को

छापामार युद्ध की रण-नीति पर विचार

बहुत नुक़सान हुआ। उनके कई सैनिक मारे गए। उधर झांसी पर ह्यूरोज का क़ब्ज़ा हो गया। रानी ह्यूरोज से बचते हुए कालपी पहुंची। तांत्या से सलाह करके रानी ने ग्वालियर चलने की बात मान ली। तांत्या चाहते थे कि ग्वालियर की सेना को अपने साथ मिलाया जाए। सर ह्यूरोज रानी का अभी भी पीछा कर रहा था। तांत्या और लक्ष्मीबाई ग्वालियर की ओर चले।

ग्वालियर की प्रजा भी उनके साथ थी। ऐसी कठिन परिस्थिति में ग्वालियर के लोग बिना राजा के थे। इसलिए ग्वालियर के क़िले पर क़ब्ज़ा करने और सेना को अपने साथ मिलाने में उन्हें कोई दिक़्क़त नहीं आई। अंग्रेज़ी सेना भारी तादाद में इकट्ठी हो चुकी थी। ग्वालियर में उनकी अंग्रेज़ी सेना से घमासान लड़ाई हुई। रानी लक्ष्मीबाई इस युद्ध में वीरगति को प्राप्त हुईं।

तांत्या टोपे अब अकेले पड़ गए थे। वे अपने बचे हुए सैनिकों को लेकर नागपुर की ओर चले। वे चाहते थे कि नर्मदा नदी पार कर दक्षिण के राजाओं को आज़ादी की लड़ाई में मिला लिया जाए। अंग्रेज़ों को डर था कि तांत्या वहां पहुंचकर हैदर अली न बन जाए। उन्होंने तय किया कि तांत्या को नर्मदा पार न करने दिया जाए। इस बात से ही पता चलता है कि तांत्या टोपे का अंग्रेज़ी सेना पर क्या आतंक था।

तांत्या और अंग्रेज़ों के बीच जो लड़ाइयां हुईं, उनके बारे में एक अंग्रेज़ लेखक ने लिखा, 'तांत्या का नाम पूरे यूरोप में हमारे अधिकांश अंग्रेज़ सेनापतियों के नामों की तुलना में कहीं ज़्यादा मशहूर हो गया। वह अपनी सेना को बड़ी तेज़ी से ले जाता था। उसका पीछा करने वाली अंग्रेज सेनाएं केवल हाथ मलती रह जाती थीं। इस दौरान वह कई शहरों पर क़ब्ज़ा कर लेता। अपने साथ नया सामान और तोपें जमा कर लेता। नए जवान भी भर्ती करता। उसकी चाल बिजली की तरह होती थी।' जब तांत्या टोपे अंग्रेज़ों की सारी कोशिशों के बाद भी नर्मदा पार कर गए तो अंग्रेज़ इतिहासकार मालेसन ने लिखा, 'जिस बहादुरी और हिम्मत के साथ तांत्या ने अपनी इस योजना को पूरा किया, उसकी प्रशंसा करना असंभव है।'

तांत्या टोपे जिस आशा से नर्मदा पार कर दक्षिण की ओर गए थे, वह पूरी न हुई। अंग्रेज़ों का दबाव वहां भी बढ़ता गया। आख़िर वे लौट आए और मध्य भारत के जंगलों में पहुंचे। यहां उन्होंने छापामार युद्ध शुरू किया। उनकी सेनाएं छुपकर अंग्रेज़ी सेना पर वार करतीं और फिर जंगलों में ग़ायब हो जातीं। अंग्रेज़ों ने उन्हें पकड़ने के लिए एड़ी-चोटी का ज़ोर लगा दिया। जंगलों में अंग्रेज़ी सेना भारी तादाद में तैनात कर दी गई। सैनिकों की बड़ी संख्या थी, फिर भी वे तांत्या की सेना से बेहद घबराते थे। उन्हें डर रहता था कि न जाने कब और किस तरफ़ से तांत्या हमला कर दे। मालेसन के शब्दों में यही बात जाहिर है। उसने लिखा, 'संसार की किसी भी सेना ने कभी कहीं पर इतनी तेज़ी के साथ कूच नहीं किया, जितनी तेज़ी से तांत्या की सेना कूच करती थी।'

आख़िर अंग्रेज़ों ने फिर अपनी पुरानी चाल चली। उन्होंने तांत्या के दोस्त सरदार मानसिंह को अपनी ओर मिला लिया। एक दिन जब तांत्या मानसिंह के पास जंगल में छिपा हुआ था, मानसिंह ने उसे पकड़वा दिया। अपने दोस्त की दग़ाबाज़ी पर तांत्या को बहुत दुःख हुआ।

तांत्या टोपे पर अंग्रेज़ों ने फ़ौजी अदालत में मुकदमा चलाया। उन्हें फांसी की सजा सुनाई गई। 18 अप्रैल, सन् 1859 को शिवपुरी में उन्हें फांसी दे दी गई। एक अंग्रेज़ इतिहासकार ने लिखा है कि उस समय चारों तरफ़ फ़ौज का पहरा था, फ़ौज के चारों तरफ़ टीलों पर खड़े हज़ारों गांव वाले तांत्या को दूर से श्रद्धा के साथ नमस्कार कर रहे थे। तांत्या धैर्य और साहस के साथ फांसी के तख्ते पर चढ़ा। उसकी बेड़ियां काटी गईं। तांत्या ने हंसते हुए अपने हाथ से फांसी का फंदा गले में डाल लिया। शाम को अनेक यूरोपियन दर्शकों ने दौड़कर तांत्या के सिर के दो-दो, चार-चार बाल तोड़कर उसकी याद के लिए रख लिये।

●●●

प्रश्नोत्तरी

1. अभिमन्यु के पिता का नाम था?
   (अ) युधिष्ठिर (ब) अर्जुन
   (स) भीम (द) कर्ण
2. शिवाजी के पिता का नाम था?
   (अ) कोंण देव (ब) तानाजी मानुसरे
   (स) शाह जी (द) सूर्या जी
3. जिस मुगल बादशाह से शिवाजी का संघर्ष हुआ, उसका नाम था?
   (अ) अकबर (ब) जहांगीर
   (स) शाहजहां (द) औरंगजेब
4. महाराणा प्रताप कहां के राजा थे?
   (अ) आमेर (ब) बीकानेर
   (स) जैसलमेर (द) मेवाड़
5. हल्दी घाटी का युद्ध कब हुआ?
   (अ) 1576 (ब) 1526
   (स) 1556 (द) 1527
6. दुर्गादास राठौर किस राजा के विश्वासपात्र थे?
   (अ) महाराणा प्रताप (ब) उदय सिंह
   (स) जसवंत सिंह (द) अमर सिंह
7. हैदर अली की राजधानी कहां थी?

(अ) तंजावुर (ब) कोच्चि

(स) श्रीरंगपट्टन (द) मदुरई

8. टीपू सुलतान किसका पुत्र था?

(अ) नाना साहब (ब) बहादुर शाह जफर

(स) हैदर अली (द) फतह मोहम्मद

9. कुंवर सिंह कहां के राजा थे?

(अ) जगदीशपुर (ब) बलिया

(स) अतरौलिया (द) आरा

10. टीपू सुलतान किस राज्य का शासक था?

(अ) अवध (ब) मैसूर

(स) बीजापुर (द) कलीकट

11. तांत्या टोपे किसका सेनापति था?

(अ) रानी लक्ष्मीबाई (ब) नाना साहब

(स) बेगम हजरत महल (द) बहादुरशाह जफर

12. तांत्या टोपे को किस स्थान पर फांसी की सजा दी गई?

(अ) भोपाल (ब) शिवपुरी

(स) झांसी (द) ग्वालियर

उत्तर

1.(ब), 2.(स), 3.(द), 4.(द), 5.(अ), 6.(स), 7.(स) 8.(स), 9.(अ), 10.(ब), 11.(ब), 12.(ब)